설탕이니까

KB192834

시인의일요일시집 **033**

설탕이니까

초판 1쇄 펴냄 2025년 3월 27일

지 은 이 리호
펴 낸 이 김경희
펴 낸 곳 시인의일요일

표지·본문디자인 이율 디자인
경영지원 양정열

출판등록 제2021-000085호
주   소 경기도 용인시 기흥구 연원로42번길 2
전   화 031-890-2004
팩   스 031-890-2005
전자우편 sundaypoet@naver.com
블 로 그 https://blog.naver.com/sundaypoet

ISBN 979-11-92732-25-1(03810)

값 12,000원

설탕이니까

리호 시집

시인의
일요일

| 시인의 말 |

달달했던 꿈이 기억나지 않는 이유

< BGM > Waking Life 02_Mi Otra Mitad de Naranja

2025년 전 리호의,
리호

차례

1부

2부

3부

4부

1부

말괄량이가 달 만드는 법

— 삐걱대는 바퀴 때문이었네,
   한쪽 다리를 절뚝이며 네모를 끌고 온 말괄량이

보름달을 만들려고 사탕수수밭으로 갔다
운석이 떨어진 자리에 부풀린 엉덩이를 보인 후 출입문을
통과한다

수면 양말 한 켤레를 훔친다 빨리 잠들어야 해 운석이 부
활할지도 몰라 럼주는 닥터 K에게 맡기고 메리 메리 잠이나
자자 크리스마스는 아직 멀고

묵주에서 산타의 주소가 싹 틀 때까지
눈을 만들까 뿔을 키울까

네모난 달이 뜬다 삐 소리를 내는 뾰족한 말괄량이
졸다 걸린 직각이 자꾸 달콤한 소리를 냈다

눈꼬리가 올라간 사람들은 왜 네모난 책상만 고집하는지

잘 닦인 칠판에 허스키 분필 반듯한 하품에 뾰족한 웃음
네네 절절 꾸벅 아삭 매끈하게 인사하는 거북목 교정기를

차고

　내일도 말괄량이를 쓴다
　-해적의 후손, 바퀴 때문이었지

　부활한 보름달이 뜬 날 수면 양말을 신고 사탕수수밭으로
간다

　네모들을 불러 둥글게 잠드는 법을 가르쳐줬다

나는 12월 내 생일은 4월

건드리지 마세요 커집니다

파도는 아니고요 파라솔입니다 건드리면 날아가거나 꼬
마자동차를 부릅니다 갈아타는 역은 화살표를 다 도둑맞고
쫄쫄 구부러진 강의 시간은 빨간 휴강 버튼
　119를 불렀고 경찰이 왔을 때 커다란 우산은 파라솔인지
파도인지 자꾸 커집니다

만지지 마세요 가시에 찔립니다

장미는 12월 딸기는 12월 기말고사는 12월 나는 12월
　생일 지난 프리지어는 13월 하우스 수박은 13월 인터넷
강의 F는 13월 딸은 13월
　만지지 마세요 눈물이 마르고 있어요 가시에 찔립니다 줄
로 묶어요

　신발 무늬는 장미, 간지 나자나 간지_는 어떤 언어에 속
하나 비속어인지 속어인지 은어인지 아 물고기는 싫다고 했

지 나는 12월

은행은 5월 포장마차는 5월 구멍 난 속옷은 5월 내 생일은 4월 선물은 팬티든 신발이든 무조건 콜 찔리기 전에 도착해야 할 걸? 프리지어 향 껌 하나 주세요

혼자 있지 마세요 빚을 지게 됩니다

아프지 마세요 오랜만에 후시딘이 떨어졌어요 주저하지 마세요 오랜만에 핸드폰이 깨졌어요 콧수염을 밀거나 머리를 자르거나 눈썹을 밀지 마세요 오랜만에 파라솔에 모여 와인을 마시면 바삭한 가시 안주를 서비스로 드릴게요 오랜만에 나는 12월 내 생일은 4월

겁이 나 반복하여 힌트를 줘도 달력을 자꾸 쓰다듬는 나는,

갈치조림 나비효과

501호 병실에 장기 입원 중인 낙타가 갈치조림 정식을 주문했다

테니스장이 딸린 주차장에서 차들이 낮잠을 자는 사이
주차장 주변으로 강아지풀이 메뚜기와 자리다툼을 하는 사이
하얗게 암내를 풍기는 구절초는 내년에 하얀 나비를 낳을지도 모른다
130살 먹은 나무 계단이 가시를 물고 움직이는 성처럼,
-소피, 하울을 불러줘

투덜거리며 갈치를 먹는 낙타, 발라주며 꾹꾹 참는 사내

트레이닝복을 입은 남녀가 병실에 딸린 테니스장에서 천천히 트랙을 돌고 있었다
주머니에서 알을 까는 공에게
-먹는 방법을 가르쳐줄까 나는 법을 가르쳐줄까 가장 빨리 재우는 법을 가르쳐줄까

바람이 불면 비가 오면 천둥이 치면 길이 끊기면

장을 보는 사이 씨앗호떡을 선주문하는 사이 전화 거는 사이 파란 운동화를 내려다보는 사이

바람이 지치면 비가 지치면 천둥이 지치면 길이 안 보이면

허물 벗은 나비가 구절초에 날개를 박고 비릿한 자장가를 부르고 있을지도 모른다

이 시는 간접광고를 포함하고 있습니다

부채표 후시딘을 목 주위에 발랐다 날도 더운데 까스활명수를 바를 수는 없다 영하 1도에도 기운 펑펑

샘표 조림간장으로 두부조림을 만들었다 샘솟는 기운으로 월요일

펭귄표 고등어조림은 우체통에 넣어두고 메모장을 남긴다
-내가 느린 게 아니야, 든든한 바다를 빠른 등기로 보내겠어

곰표 밀가루로 눈사람의 손에 장갑을 그리고
수요일은 심심해 곰 같은 애인이라도 불러야지

오뚜기표 튀김가루에 순후추를 뿌리고 핫도그를 만들 때
일곱 번째 시험을 치르고 온 녀석의 입

백설표 올리고당을 넣어 맛탕을 할 때는 최대한 나풀거리는 앞치마 공주라고 한 번만 불러 줘 전우!

해표 식용유를 물처럼 꿀꺽 내일은 내일의 해가 뜨겠지

청정원표 구운 소금을 뿌려 미역국을 끓인다 국회로 납품할까

남양 요구르트를 얼리고 굿모닝, 광동표 쌍화탕을 데우고 굿나잇

대화편: 스피노자와 소피스트

오렌지는 밥이 아니고 두부는 과일이야
설득하기가 이렇게 쉽다니: 4층부터 정직한 스피노자가
되기로 했지

엘리베이터 걸이 실종되었어요-2020년 엘리베이터에 걸
이 존재했나-당신의 나이는 몇인가

노란 머리는 아닙니다 꽃을 가지고 튀었어요 어떻게 생각
하십니까 대화록을 이렇게 빼곡하게 쓰는 것에 반감을 산
걸에 대하여-나이도 염색이 가능한가

유명한 만화가의 그림체를 모방하다가 코는 항상 뾰족해
야 맛이지 클레오파트라의 눈동자는 오렌지색으로

5층에서 좌회전을 하면 창고를 싣고 가는 트레일러를 만
날 수 있어요-창고가 원래 있었나-그 안에 사과나무를 키우
는 걸이 있다는 것에 한 표 누르겠어-공감은 아니야

안개는 잠을 자느라 소리를 듣지 못했다 섬이 사라졌고 반
감은 점점 자라 목격자의 눈을 자극했다-견인차를 트레일
러라고 부르더군-걸은 무엇이라 부를까

　뒤집힌 주머니 속에서 꽃이 나왔다 노란 염색약을 든 걸
을 꽃이라 불렀다

얼렁뚱땅 기타 의견

노서관 1층 정수기 위 종이컵에 묻은 분홍 립스틱

미분양 아파트 엘리베이터 안의 CCTV

불법 도살장 영업중지 안내문

부대찌개집 카운터 앞 고춧가루 묻은 초록 이쑤시개

망했습니다 간판 걸린 과일가게 앞 노상 검어지는 바나나

낑낑거리며 꼬리잡기 놀이 중인 9년 된 요크셔의 깎지 않은 발톱

주유소 화장실에서 멘솔향 흡연 중인 10대

공통점을 얼렁뚱땅 찾아 체크하세요 선물 있습니다

월요일은 쉽니다( )

건전지가 없습니다( )

뼈나 피나 꼬리나 박하사탕이나 똥이나 돈이나( )

소시지가 망했습니까( )

그대로 두세요( )

검은 봉지를 주세요( )

기타 의견(<u>띄어쓰기 포함 200자 이내로 작성</u>   )

다음은 초판본 시집을 거꾸로 들고 라이터를 찾는 50대 남자의 기타 의견입니다

1순위 청약통장을 지니고 있다가 죽은 돼지가 엘리베이터에 타서 입술을 가장 진하게 칠하고 죽지 않은 사람 흉내를 냈습니다. 양치질도 안 하고, 손에는 검은 봉지가 들려 있고 그 속에는 아이가 갓 싼 황금색 변이 들어있습니다. 변의 유전자를 검사하다가 죽은 바나나를 먹은 흔적이 발견되었습니다. 9년 된 요크셔일까요 전생에 얼렁뚱땅 내가 낳은 돼지일까요 기타의 V일까요.

멘솔향 불 좀 주세요

X-ray
— 아즈나, 제3의 눈

정기적인 딸기를 이렇게 생각해 화려한 가운을 입고 비닐하우스에 감춘 진주를 센다
자정을 잡아먹을 때마다 이마에 하얀 빈디를 찍는 불면, 금고를 어디다 뒀지

먹던 딸기를 넣고 목걸이를 감추고 마취를 거부했다

3.5개월마다 불면을 찍는다 다섯을 거꾸로 세었을 뿐인데 금니가 진주로 바뀌었다

노래가 되어본 적은 있나 눈 속을 들여다보는 네모난 눈 가끔 빈정거리는 노래

널 자르면 순대가 먹고 싶을 거야 높은음자리표를 그리다니

내 맘대로 죽을 수 있는 가장 쉬운 방법 (젖꼭지 그만 비틀어 한쪽 눈이 이미 떠졌다고 제군!)

끝났어요, 봄을 입으세요 처방전에 노래가 된 당신이 들
어 있네요 금고에 넣어둔 딸기를 가져올게요

영화로 태어난 전봇대의 당선 소감

신사 숙녀 여러분 라벨을 확인할 시간입니다 옷을 모두
벗어주세요

컵라면 물은 금보다 조금 낮게 배고플수록 전기를 대신
부어도 좋아
라벨이 목뒤에서 소감문을 꺼낸다

전봇대에 맞아 머리가 터진 게 아니다 죽은 지 사흘 만에
죽은 이들 가운데서 부활하시고 하늘에 오르사 전능하신 천
주 성부 오른편에 있다가 내려온 거다
암전이 되고 영화가 시작된다

머리 터지는 꿈은 길몽 다치는 꿈은 흉몽 잘리는 꿈은 길
몽 다쳐야 피가 나지 흉몽이 길몽이 되는 순간 피가 묻은 아
스팔트에서 튀어나오는 소감문을 들고

감사합니다 영화로 태어났습니다

주술사가 주술사를 찾아가거나 마술사가 마술사를 부르
거나 마녀가 마법사를 사랑하거나

앞자리에서 향기가 나고 좌석이 들썩거리고 안개가 자욱
매콤한 팝콘에 컵라면

저는 그동안 전기를 먹고 살고 컵라면을 좋아하며 살았습
니다 이제 다시 태어났으니 전기를 먹고 팝콘을 좋아하겠습
니다 간간 목을 건드리는 라벨이 하늘에 오르사 성부 왼편
에 있다가 내려와 배부른 전봇대가 될 때까지

네일아트: 이상한 나라의 샤인머스캣 편

2주짜리 마법의 동물원에 갔습니다 점심시간에는 하얀 사자와 분홍 코끼리가 함께 사막에서 만나기도 하는데요 머리 아래는 유령 옷을 입었는지 보이지 않을 때가 많습니다

토끼의 앞니가 사라지고 고양이 수염이 사라지고 개수대에는 그릇이 쌓이고

동물은 내 취향이 아니야 말끔하게 설거지를 해 놓을 동안 한 마리씩 잡아서 카드 속에 넣자 여왕이 얼마나 좋아할까

보름짜리 식물원에도 갔습니다 선인장 동산을 지나 허브 길을 따라 황소자리에 도착했을 때 한겨울에 봄꽃이라니

몰래 흘린 눈물로 만든 샤인머스캣이 손톱만 한 핸드폰을 들고 혼자 중얼거리는 겁니다 궁금해서 따라간 거예요 다른 의도는 없어요 생각해 보세요 포도가 말을 하다니

창문 뒤에서 살짝 엿보았지요 핸드폰으로 열심히 포커 게

임을 하는 중이었어요 오늘은 하트 모자를 쓴 중년 신사가
속고 있네요 눈을 떠요 포도예요 망고가 아니고요 아오리
사과도 아니고요 속지 마세요 이미 커져 버린 샤인머스캣

　장미 가시가 떨어지고 게발선인장 꽃 툭, 떨어지고 빨랫
감은 쌓이고

　마법이 풀리기 전에 안경을 벗고 토끼 양말을 뒤집어요
　손톱 위에 이상한 여왕을 그려 넣으면 식물원에서 그릇을
씻는 동물을 볼 수 있어요

캡처 완료

가장 정직한 공상을 적어 낸 볼펜은 어느 밀림에서 왔는지

긴급전화 + 캡처 x 알티 = 공식이 틀렸습니다

차단 해제 암호를 적어 넣으면 부활할지도

완료되었습니다 발톱 색을 고르세요
산책하기 좋은 색은 몇 가지 양념을 섞은 건지 채도가 화
려하면 맵고 명도가 싱거울수록 공기가 찬

탐험가의 장갑에 사는 바이올린족에서 퇴출당한 첼리스
트가 대답하기를 D음이 가장 어려웠습니다
증거 1> D 캡처는 어디로 보냈는지 파일 이름 적는 것을
잊었다 선고 기일이 다가옵니다

아버지란 이름을 가진 첼로의 줄 하나가 끊어졌다
어머니, 이곳은 밀림이 아니고 가장 높은 빌딩 옥상입니
다 아버지를 여기서 밀었나요 첼로를 밀었나요 생각을 다시

해보세요 기억은 해가 떨어지면 색이 변하기도 합니다 시간이 별로 없어요 어머니란 이름을 가진 긴급전화의 송신음이 볼펜 속으로 들어갔다 메모지에 쓸 정직한 밀림의 위치가 긴급 알티 되었다 장갑은 재판관에게 보냈다 119의 색을 고르세요

바이올린을 모자 속에 감추고

밀림으로 가는 지도가 완료되었다 발톱 색은 D로 한다

도착시간 공유 좀 부탁해, 마리아

성당에서 초를 샀다 예수로 추정되는 일곱 살 꼬마 아이를 앞에 둔 마리아

가계부를 쓰다가 1000원을 어느 항목에 넣어야 하나 고민 중에

식비-(처음은 예의상 극존칭으로) 신께옵서 매일 일용할 양식을 주시었으니 이곳에 넣을까
주거비-신께서 오늘도 하루만 살게 하니 이곳일까
피복비-목화 이불은 천사의 날개를 죄 뜯어 만든 거란 소문이 돌기도 했지
교육비-자식에 관한 건 다 여기에 넣어야 하겠지
의료비-맞아 수술 잘 되게 해달란 거였지
문화비-기도도 일종의 문화생활인 거야
경조·교제비-교제를 해야 하지 친목을 다져야 뭐라도 떨어지지
교통·통신비-종류가 다양하지만 이런 식의 소통도 하긴 하지

세금·공과금-교무금이나 헌금이라 생각을 할까
특별비-평생에 몇 번 없는 특별한 일이기도 하잖아
저축·보험료-그동안 들어놓은 보험 나가는 거니까
차입금 상환-그래 그동안 속 썩이며 빚진 게 많긴 하지

다시 사랑하기 위해* 기도 넣을 칸 하나쯤

내 기도 도착시간 공유 좀 부탁해 어떤 색깔의 세탁기에
기록될지 궁금해지는 새벽, 마리아

* 2019년 농협 가계부 표지글

외발자전거를 타는 소녀가 하늘에서 떨어졌다

커피는 길게 길러서 입혀야지 금붕어가 금붕어답지 않아

횡단보도를 건널 때마다 돈을 지불하는 섬에 가면 흔한 일

시간을 여행하는 자전거일지도 몰라

긴 장화 속이 궁금한 자전거가 소녀를 태우고 달아났다

여기는 장화 속 지금 유행은 금붕어 머리를 길게 기르는
일 망고 주스도 길게 아이스크림도 길게, 꼬리 흔드는 따라
쟁이들

달아난 자전거를 타고 커피 자락 펄럭이며 금붕어가
아이스크림을 길게 바르고 망고 향을 뿌리며 횡단보도가

돈을 지불하는 소녀가 소녀스럽지 않은 섬에 가면 흔한 일

2부 |

4시 31분일지도 모른다

시계는 동그란 것으로 하자 시간이 구른다고 말을 해봐 스스로 기특하지

하루 중 가장 별이 배고플 때 랗다고 하자 뒤죽박죽인 글자들을 오려서 제자리로 보내는 작업을 추석이라 하자 시계 소리를 들려주는 거지 손가락은 열 개야 다친 손가락은 누가 먹었나 옆으로옆으로옆으로 가는 바늘은 어제 이맘때 뻗은 사랑일 수도 있지

의심의 끝이 동그

태풍에 잘린 길에 서서 오지 않을 버스를 떠올리며 멀미를 하자 좌석은 이미 정해졌다고 에 무엇을 숨기고 사는지 침을 묻혀 굵은 글씨로 받아적어 보자 말해주는 남자와 딱 한 번만 동침해 보자 숨소리

색맹인 그가 운전을 하는 방법에 대해 보조석에 향기 나는 커버를

씌우고 펄쩍 뛰는 거지 나는 다리가 길어 다리가 긴 거

지 손가락이 무슨 죄겠어 노트북은 윈도우7이라는데 네

모난 바둑돌이 다 창문으로 보이네

 다시 무한대의 손가락, 시계는 동그란 것으로 하자 스스
로 기특한 시간에 기름칠을 하고 손가락에서 잘 키운 바늘
로 사탕을 만들자 4시 30분이 구르고 있는 향기 나는 행성
에서

이번 역은 토끼역입니다

스피커 속으로 토끼 일곱 마리가 들어갔다
그제는 바람이 유리창을 뚫고 11층 침실로 들어왔다
어제는 코끼리가 현금지급기 속으로 들어갔다

<이번 역은 토끼역입니다 승강장 사이 해변에 빠지지 않
도록 조심하시기 바랍니다>

날개 접은 갈매기들이 끼룩거리며 스피커 속에서 나왔다
배가 고플수록 코끼리는 비릿한 아카시아
아웃, 경주가 시작되었습니다 부부젤라 준비하셨나요 손
가락 풀어주세요
살아남은 여섯 마리가 다시 스피커 속으로 들어갔다

<다음 역은 가짜마스크역입니다 발 빠짐에 미리 유의하
십시오>

마스크 거슬러줘요
미세먼지로 미라를 만들어 콜라병에 넣었다 하늘에서 떨

어진 부시맨의 후예

　동동구름이 마스크를 팔고 달이 마스크를 사고 불타는 불량 차가 마스크를 하고
　미라를 먹고 소설을 쓰는 오로라는 투쟁 중이라던데
　말을 모아 피라미드를 만들었다고 가짜 뉴스를 뿌리는 동안
　말이 많은 자가 죽었다_마스크 거슬러줘요 왜 하나가 부족해요 검은색으로 줘요
　구멍 난 고무 밑창으로 떨어진 귀가 들어왔다
　귀를 잃은 자가 죽었다_마스크 한쪽 끈이 떨어졌어요 바꿔줘요 검은색으로
　이제 타워크레인에서 내려와요 해고된 치약이 설탕 같아요
　콜라는 서비스예요 그냥 가져가요_검은색 마스크를 넣어놨어요 톡 쏘는 맛의 원조
　발 빠짐 주의하고 계신가요 전광판이 고장 났어요 다음 역은 귀를 세우시기를

　밸런타인데이 가설극장에 오신 걸 애도합니다
　<이번 역은 가설극장역입니다 크고 작은 초콜릿 준비하

시길 바랍니다>

데이를 만들다가 돌에 걸려 초콜릿 밭에 도착했다 이름을
물었을 때 걸리버라 대답했다
과음을 한 걸리버가 C를 O로 잘못 표기해 쫓겨나 이 마을
전체를 초콜릿으로 만들었지
사람들의 손에 들린 초콜릿 이야기들 그날이 하필 2월 14
일이었던 거지
가설극장 안에 모인 사람들은 하나씩 부족하거나 두 개
씩 더 많은 퍼즐
금화를 잃은 사람과 벽돌을 가진 사람들이 뒤섞여
어느 것이 원래 내 것이었나 한참을 연기하다가 서로 부둥
켜안고 애도를 하는 것인데
처음 등장한 피에로는 버섯 모양의 모자를 쓰고 웃었고,
마지막 등장한 주술사는 벽돌 모양의 상자에서 비둘기를 빼
냈지 원래 누구의 것이었을까
데이는 계속 녹고 돌은 점점 작아져 넘어질 일 없는 초콜
릿 밭이 사라졌다 데이를 포장해서 2월로 보냈다

우체국은 2월 내내 휴무입니다 걸리버, 즐겁게 애도하며 마지막 기차를 애용하세요

<이번 역은 나도 모르게 늦게 떨어진 지구역입니다 연착하는 공 조심하세요>

갓 지은 차진 밥처럼 맛있는 연착

[주문]
입천장에 뼈가 자라는 아이를 알고 있어요 (주인공 섭외 들어감)
게르만족의 후손이라 들었어요 (바퀴벌레 잔혹사 작가)
좋은 마을이니 염려 마세요 (매실농축액 농부)
새로운 것에 열광하는 도그마들 (검은 날개를 접으시오)
연착한 한 끼는 찌그러진 공이 먹었다
향수로 욕과 먼지를 터는 사이
어쩌다 무거운 날개가 생겨, 나도 모르게 땅으로 땅으로 떨어진 사이

앨버트로스를 꿈꾸는 각 없는, 날개 없는, 공 없는, 시간 없는, 꿈 없는, 있다를 잊은 사람들

<우리 열차는 잠시 후 종착역인 토끼역에 도착하겠습니다 잠에서 깨어나세요 토끼가 아직 살아 있는 분들은 초콜릿을 먹어도 좋습니다>

특이한 계란 한 판

특이한 제육볶음 한 판 주세요
돼지가 붉은 달걀을 낳았어요
아 이렇게 맛있는 제육볶음은 처음입니다 1인분 더 추가요

타조도 깜짝 놀랄만한 소식에 음식점 손님들이 한마디씩
쏟아낸다

계란으로 바위 치기 게임을 즐겨 하던 돼지가
임신한 타조에게 우황청심환을 먹게 한 후 꺼낸 이야기

잭이 콩나무를 타고 올라가 황금알을 낳는 닭을 되찾아 온
건 사실이 아니라는 것 그 닭은 원래 돼지였고 그 돼지 이름
이 닭이라는 것 착각한 삽화가가 돼지를 닭으로 그리는 바
람에 그 후로도 쭉 돼지가 닭이 되었다는 것 아니 잠깐, 다
시 다시, 일단 오늘의 메뉴를 정하고

잭이 콩나무를 타고 올라가 황금알을 낳는 닭을 되찾아 온
건 사실이 아니라는 것 그 닭은 원래 돼지였고 그 닭 이름이

돼지라는 것 착각한 음식점 사장이 계란볶음 요리를 돼지볶음이라 메뉴판에 쓴 후로 사람들이 제육볶음을 달라고 했다는 것 아니 잠깐, 다시 다시, 점심시간에는 잡담을 금지해야 하는데

잭이 콩나무를 타고 올라가 황금알을 낳는 닭을 되찾아 온 건 사실이라는 것 하지만 그 닭은 원래 돼지엄마였고 그 돼지가 낳은 새끼 이름이 돼지라는 것 착각한 음식점 사장이 계란볶음 요리를 돼지볶음이라 메뉴판에 쓴 후로 사람들이 돼지 한 판을 제육볶음 한 판으로 달라고 했다는 것 아니 잠깐, 다시 다시, 해는 지고 야근은 무리지

계란 한 판을 돼지 한 판을 제육볶음 한 판을 하다가 한판이란 말만 들은 타조가 뒷골목에서 잭이란 이름을 가진 거인을 만난 거지 한판 뜨자 한 판이면 충분해 해는 지고 집에도 가야 하고 콩나무도 심어야 하는데

그래서 타조는 그 후로 어떻게 되었는데요?

놀라서 새끼를 낳았지, 그 이름을 타조알이라고 지은 바람에 사람들이 타조가 세상에서 가장 큰 알을 낳는다고 착각을 하기 시작했더라나.

그 후로 모든 계란은 특이한 한판이 되었다 하도 특이해서 못된 바위를 치는 대표주자가 되었다는데, 내일 아침은 돼지 프라이로

묻지 마세요 입 속에서 거대한 과거가 나올 수도 있어요

잔에는 원래 귀가 둘이었지

파란 사진기를 가져왔다 그 속에 담긴 귀의 전설이 렌즈 밖으로 흘러나온다

베토벤과 고흐가 만난 개선문 앞에서 스페인 여성이 웃는다

사기 치는 서커스 단원 공 굴리는 어린 소년을 지나 까마귀가 나는 밀밭에 왔다 고흐의 귀를 찾는다

노란 키스가 그려진 잔을 들고 화장실로 향하는 두 번째 부인과 귀만 모은다는 귀족 부인의 황금 상자 전설이 적힌 비밀 노트를 읽는다

귀를 붙이고 감자 먹는 사람들과의 합평 시간에 술잔이 없다

플러그에서 나는 소리의 음을 놓친 베토벤을 기다리는 이웃집 노파가 웃는다

셔터 누르는 소리가 은방울꽃 부케를 든 신부의 면사포 같아 하얀 구두 같아

소리를 그리는 중이라고 했더니 파란 사진기를 든 아이가 숨는다

노시인 중견 시인 그 사이에 앉은 유령

나는 바보 나는 귀 잘린 사람 나는 귀 한쪽이 필요한 사람

손으로 소리를 적는 사람 신의 아들 신의 어머니 귀가 사라지는 사람들이 웃는다

잔에 붙은 귀 하나 사람들에게 떼어 주고

하나의 귀로 감자 먹는 사람들의 말을 마신다

화살표는 누가 쐈나

환타 오렌지에 붙은 해골을 해부하다가 화살표를 발견했다

당류 12% 나트륨 0% 지방 0g 해골 이빨 속 네 그루 나무 팔 네 개 해골 눈에 거미 두 마리 눈에서 기어 나오는 거미의 눈을 해부하다가 그 속에 숨은 큐피드를 찾아냈다 누구를 쏘려고

패트_라벨:OTHER 뚜껑:LDPE, 패트_뚜껑(내외):PP 유리_뚜껑:철, 종이_뚜껑:철, 비닐류_OTHER 꼬리잡기 방으로 가고 싶어 입꼬리에 단 방울이 울리면

웃음소리를 따라 돌까 울음소리를 따라 돌까 오른쪽으로 돌다가 해골의 눈을 보다가 줄 타고 탈출하는 거미를 보다가 화살 하나를 없애서 못 앉은 오렌지

화살표 하나 훔쳐 와서 큐피드에게 팔아넘겼다고? 환타향을 묻힌 화살을 만드는 큐피드, 누구를 늪에 빠뜨리려고

나는 화살표를 쏜 적 없어 입꼬리에 딸랑거리는 시원한 방울을 달고 입속으로 날아가는 환타 오렌지

이상해 씨의 기도문

움직이는 침대 책임이지 모든 꿈결은 다 내게로 오라 합
장()

누구에게 기도를 해야 옥수수를 맘 놓고 먹나 깨진 이 흔
들리는 이 임플란트 두 개만 주세요

꿈인지 손가락인지 혀인지 깨물지도 깨지도 말 것들을 모
아 아멘()

선명한 침대일수록 이상해 침대가 그린 꿈일수록 이상해
꿈이 점점 커지면 이상해 씨의 기도문이 점점 더 이상해
보리수 아래 달마가 지나가는 사이에 담배꽃을 심는 거야
이상해 일주일만 이상해 더는 이상하지 말아야지 택시를 부
른 지가 언젠데 라일락이 벌써 지고 지랄이야 치매 중년은
꽃잎이 써도 먹을 줄 아오니

일토 목금 월 줄어드는 시간을 입가에 흘리며 지하에 계
신 수라도 불러 물침대를 만들어 달라고 읍소할까 생각 중

입니다만

　오, 나의 이상해 씨 옥수수 반만 남겨 줘 기도문을 아직 끝
내지 못했어 물 위에 누워 하나, 셋, 여덟, 시간을 빼먹으며
라일락은 여전히 쓰고

나무젓가락으로 먹을래요

뾰족한 별을 나누어 준다고 방송이 나왔을 테지 약간 뜨
겁다고
　무슨 임명장일까 긴 줄을 섰지 선착순으로 받은 쇼핑 봉
투 하나씩 들고
　밝은 웃음으로 손 내미는 고위 공직자부터 말단까지

　대통령도 줄을 서네 오른손에 봄을 들고 임플란트 수를
세며
　방송 대신 침대 위에 설치된 모니터에서 새어 나오는 휘
파람 소리

　나무젓가락으로 먹을래요 찔릴 것 같아 열 개 여섯 개 보
디가드도 먹어봐
　별은 살살 녹여 먹는 거라고 달콤할수록 날카롭지

　실컷 먹고 누워 휘파람을 불면 하나둘 천장으로 날아가
는 별들
　천장에 별이 뜨고 창문 틈으로 몰래 새어 나간 별이 하늘

에 가는 것도 본 적 있지

　사람들은 내가 만든 휘파람 소리를 별이라고 부르며 긴
줄을 서지

　아파트 경비원도 줄을 서네 오른손에 겨울을 들고 고지
서 수를 세며
　나무젓가락으로 주울래요 담배꽁초가 문틈에 끼어있네요

아메리카노로 칼국수를 만드는 마이구미

의사는 돌팔이 마이구미를 어떻게 보고 지방간이라고, 째려보는 눈이 꼭 칼국수를 닮았지

아메리카노는 미디엄으로 넉넉한 웃음보가 더 까맣게 되었을 때 단 것이 날름거렸지

회의록에는 올리지 말고 비품목록에 반듯하게 올릴 것

전화기를 꺼 놓은 것이 화근 아기 상어를 불러 함께 마이구미를 먹어보자구
데헷, 간을 훔친 토끼를 거북이가 훔쳐 달아나고 거북이를 새긴 도장집 사장은 눈이 토끼처럼 벌게서 칼국수가 필요한 거지

바지락을 키우는 방법을 아무도 모르는 줄 알고

인쇄소 옆이 도장집, 도장집 옆이 약국, 약국 아래층 바닷속에 세 들어 사는 마이구미, 마이구미가 잘 만드는 칼국

수를 좋아하는 돌팔이 의사가
　전화로 주문을 하지

　벌건 칼국수 한 잔 미디엄으로, 내 간은 아직 충분히 튼
튼해

소리, 수상한 것들

태극기 흔드는 소리 촛불 켜는 소리 버스 종점 눈 쌓이는 소리
어젯밤 꿈이 수상하다

측백나무가 앓는 소리 윤달 먹은 가을이 숨는 소리 애동 지가 꾸물거리며 오는 소리 계절이 뒤바뀌는 소리 예지몽이 잠꼬대하는 소리 보름 지나 하늘이 달 깎는 소리

잘못 걸려 온 전화에서 나오는 헛기침 소리가 수상하다

알람 소리 오십견 어깨 삐걱거리는 소리 마우스 놀라는 소리 가위눌리는 소리 돋보기가 다가오는 소리 뒤쫓는 소리 하이힐 소리 철 대문 여는 소리 밥 짓는 소리 배고픈 국수 소리

열 맞춰 계단 오르는 달동네 소리

수십 번의 응찰 끝에 처음으로 성공한 낙찰자는 명도 된

달을 손에 꼭 쥐고 아홉수를 넘겼다

　달이 우는 소리로 불로소득을 챙긴 시간 경매사가 수상
하다

　하늘에서 동아줄이 내려오기를, 날개 없는 것들이 모여
수상하기를, 벼랑 위로 하늘을 나는 양탄자가 있기를,

　뜨는 해의 기침 소리는 수상하지 않기를

해몽 좀 해봐

슈퍼맨 옷을 입은 달이, 달 말고 달이 여자애를 죽인 범인
이 도주했다
슈퍼맨 말고 슈퍼 맨 월드콘 말고 부라보콘을 꼭 사 오라
고 했다

파노라마 기능이 있는 머리카락을 염색했다
바람을 타고 오른쪽에서 왼쪽 어깨로 달아나는 슈퍼맨이
개미처럼 작았다

어제는 죽은 남자가 오늘은 죽은 여자가 우울증 약을 먹
고 잔치를 벌였다
겸이라는 자가 올 거야 꼭 방명록에 적어놔 겸이 말고 겸

작은 앉은뱅이책상에 한지를 깔고 머리카락 뭉치를 놓고
하객들의 표정
벌거벗은 달이 월드콘을 사 온다면 봉투는 받지 말라고 당
기세요 유리문

오전 10:00 요일 반복 (일월화수목금토)
알람 이름(inipi) 다시 울림 (5분, 3회) 알람음 (다시 태어
나도)

*그대에게 나 한 가지 꼭 묻고 싶은 게 있어(묻지 말고 일어
나 삼나무를 도둑맞았어)*

인디언 텐트에 졸다 떨어진 별 귓바퀴에 달린 동화책 읽
어주는 목소리 조각

해몽 좀 해봐

2% 양가성, 햄버거

칼 가져와 반으로 잘라버리게. 난 입이 작다
깡통처럼 찌그러져 있어, 따뜻한 구김이다
흑백 사진용 정사각 카메라라는 독해. 유니크한 보좌관은
검은색 양복이 어울린다
톡 쏘는 맛의 원조는 금발머리지, 치즈도 동그랗게 크롭

위의 시를 한글을 모르는 천재가 읽을 수 있게 그림으로
나타내시오

위의 그림을 눈이 어두운 노인이 알아들을 수 있게 말로
해보시오
(햄버거를 일 인분 시키고 창가에 앉아있는 노인의 입가
를 보며)

검은 친구가 꿈속에 나타나나요 영정사진이라니 아직 때

가 아니다

　이불 속에 밥 한 공기 넣어놨어요 대문은 열어놨으니 곧 올 것이다

　다시 난 검은 머리가 말하길 이젠 금발머리가 난다고 했다 햄버거라 불리는 사람을 알고 있나

　칼 가져와 장판을 도려내 나보다 나이가 많은 구들장에게 묻는 거지 몸의 바닥 어디쯤이 따뜻한 곳이었나

　모르는 것을 읽거나, 보이는 것을 놓치거나, 내가 2% 잘린 햄버거거나, 그림을 보며 침을 흘리고 있는 어두운 눈이거나.

　* 한컴오피스 한글 2010 문서: 입력->그리기마당->그리기조각->칼, 햄버거1, 웃는얼굴, 화상카메라, 플랑켄슈타인

3부 |

기다리는 산이라 불리는 몽상가의 이모
티콘

높은 대문에 큰 글씨로 메모를 붙여놓았다
오늘은 연극이나 뮤지컬로 회식 대신 하자

몽상가에 대하여 이모티콘을 만드는 중이다
만화 속으로 걸어 들어가는 익스큐즈미 사진틀로 나오는
오마이갓

조금만 졸고 있을 게 죽을 시간에 깨워줘
침대가 대문이 되는 순간에 파란색으로 줄무늬를 그리고
꿈을 하나씩 파는 거지
제일 비싼 꿈을 사는 사람을 경매사로 스카우트하면 연봉
이 비싸겠지
원격 조정하는 자가 침팬지라는 사실을 발설하지 않았으
면 좋겠어
사라지는 사람들이 사카린 가루로 변하지도 하지
시계를 읽으면 숫자가 허물어지며 니체를 부르기도 하고

뺏지 하나를 사면 도장 하나를 버리고

하늘로 붕 뜨면 노란 고양이 한 마리 어부바를 한 여자

구름으로 변하는 사람들 모두 머리 나발 하나씩 이고 바
다로 가나

손목시계 바늘이 녹아들어 가고 있다 이모티콘을 눌러버
렸지

컷, 다음 행성은 시장을 지나 꽈배기 호떡집을 어슬렁 주
차장은 없고 버스 두 대가 올 거야 불두화가 활짝 핀 산 몇
번 몇 번

* 웨이킹라이프라는 애니 봤어요?
* 빨간 머리 여자처럼 실 머리를 하고 싶어요

제목을 붙여 주세요

20분만 가열을 하면 내 몸은 기구로 변하겠지

아무도 관심 없는 수평선 너머에 있는 나무의 나이

콩나물 대가리를 셀 때 하지 말아야 하는 표정

이발하고 나면 세 개가 된다

머리카락 빠진 개수만큼 생각이 나질 않아요

끓는 물 속 파다닥 뛰는 병아리 같은

몸에서 빠져나온 문자들이 계란이 되었지

눈을 떴을 때 상쾌하면 오후 불안하면 오전

자야는 해보다 맛있어

하나의 파랑이 또 사라졌지

여름이라면 말야 멀리 날아갈 줄도 알아야지

죽기 전에 꼭 먹어야 할 세계 음식 재료 1001호

해바라기씨 주세요 우리 집은 햄스터가 새끼 한번 못 치고 죽어요 구피도 낳자마자 제 새끼를 다 잡아먹었어요 그때부터였나 봐요 네발 달린 것과 꼬리 달린 것들에 정이 안 가요 친구 녀석은 구피 여섯 마리 사서 두 달 만에 150마리 되었다고 분양 좀 해가라네요

별이 너무 내리쬐기에 얼굴 한번 찡그려봤어요

아침마다 베란다를 기웃거렸어요 지난겨울 죽은 안투리움과 덴트롱 가지가 꿈쩍도 안 해요 화분 아래 씨껍질이 떨어져 있어요

죽은 게 아니고 죽인 게 맞아요
몸에 열이 나길래 물을 줬어요 보이지 않는 곳에서 뿌리가 얼었어요
가슴이 차길래 거실문을 잠갔어요 타이가로 변하는 걸 눈치 못 챘어요

바싹 마른 가지 두 개를 번갈아 손으로 만지며 말했어요
 미안하다 정말 미안하다 생각날 때마다 수시로 기웃거렸
어요

 옆에 나란히 붙은 안투리움 화분에서 연초록 싹이 돋아나
요 덴트롱 모종을 하나 사서 죽은 가지 옆에 심었어요
 미안하다 정말 미안하다 또 며칠을 기웃거렸어요

 오랜만에 늦잠 잔 어느 날 볕을 따라 베란다로 나갔어요
가지 밑에서 한 뼘이나, 이파리 다섯 개나 달고 녀석이 건들
거리고 있어요

 해바라기씨 한 컵 가득 주세요 죽기 전에 꼭 먹어야 할 것
중 하나라네요

인수분해

무당벌레=무당×벌레=나를 그리 부르는 사람이 웃더니×
기어들어 가는 목소리로 돈을 원함

장수하늘소=장수×하늘×소=심 목수의 딸들이 흩어져 장
사꾼이 된 후 가장 잘 된 케이스는 돌 장수였다×하늘에 계실
까 우리 아버지는 아버지의 뜻과 내 뜻이 땅에서는 같을까
뼈까지 우려먹을 지구에서는 흠이란 단어가 없음

돼지감자=돼지×감자=돼지×감×자=내가 바닥을 택한 이
유는 하늘을 보고 싶어서지×싹이 나고 잎이 나면 주먹이 더
세짐=내가 바닥을 택한 이유는 하늘을 보고 싶어서지×말려
서 줄줄 막대에 줄줄 하나씩 없앨 때마다 분내 나는 봄

개구리=개구×리=매일 아침 뉴스에 등장하는 단골손님이
키우는 동물 중에 가장 값비싼 것은×그가 살던 곳에 한참 달
려 있다가 떨어진 폐차장의 종소리와 종소리

몇 명의 아이가 머리를 맞대고 분풀이 대상을 찾는다

벌건 대낮 살인 도구를 찾는 카뮈처럼

말의 그늘, 빠른 가정방문으로 해결해 드립니다

당신을 구독 신청하겠다 섣부른 결정이라는 말에 잎이 무성할 나무 한 그루를 보냈다

보내는 사람: 그늘

| 하늘 바람 비 구름 |
| 천둥 번개 태풍 |

받는 사람: 신제품 연구가 시급한 말

| 태양 달 혜성 운석 은하 별 |
| 방아 찧는 토끼 |

취급 주의! 깨지거나 새어 나오거나 시끄러울 수도 있으니 요주의 바람

대중화된 천재지변에 대하여 이미 구독료는 지급했다 대체 가능한 것도 포함된 것으로 안다

신제품은 망고스틴에서 추출될 것이라 감히 확신한다 (양 어깨를 10초간 거들거린다)

옵션으로 딸려 온 <물 풀 땅 바다 강물 노을> 택배기사님 혹시 시장하신가요

나무가 크면 일 년이 지나고 백 년이 지나면, 구독 기간이 끝나면, 어깨가 편안해지면, 배가 고프지 않으면,

토끼의 그림자조차 주의하지 않아도 되면.

소금 팝니다

당신은 좋은 사람입니까?*

* 언제부터 나는 당신의 눈에 들기를 원했을까

* 마침표 사는 것을 잊기 전에 뛰어야지

* 가격표 위에 설명서를 챙겨 가란 문구가 보였다

* 차로 무언가 치었다고 생각했을 때 하얀 그림자가 바퀴 속으로 들어
왔다

* 콘크리트 바닥에 빨간 글이 나타났다

* 소금을 닮았습니다 결혼한 지 얼마 안 되었습니다

* 머릿속에서 소금 한 그릇이 샜다 음식점을 그려 넣고 밥 동무를 찾
았다

* 사람을 찾습니다 전화벨이 울리지 말기를

* 마침표를 파는 시장통을 걸었습니다 도매로 사려면 묶음 배송을 이용
하라고 했습니다 색깔이 맘에 들지 않았습니다

* 아 존댓말은 중고로 팔아야겠다 소금 사 무조건 사

* 언제부터 당신의 눈에 소금이 뿌리내리고 있었을까

* 영화<증인> 자폐 스펙트럼 장애 소녀 '지우'의 대사

첫눈을 놓치고 버스를 버리고 전화벨을 무시하고 신발을 사고 운전면허 시험에 떨어지고 최종면접에 지각하고 결혼을 포기하고 내 집을 없애고

기다려 주세요 하지 마 배고픈 자에게 독약 같은 말이야

나는 도서관이나 서점들이 모두 망하기를 바라는 건전한 소시민인 척 세수하고 정성껏 계란말이 중이지

전화벨이 울릴 때 첫눈을 신고 좌석버스를 몰고 당신에게 가는 도중 지구가 멸망하는 상상

20대가 타고 20대가 타고 노인이 타고 바다가 타고, 알람시계가 울리면,

여름 한가운데 파란 행성을 짓고 있을, 신랑 신부들

없애지 마 지구가 막 최종면접을 통과했다는 전화벨이 울렸어

소라 한 마리씩 세고 있는 첫눈, 첫눈들

첫눈을 걸고 있는 소라게, 소라게들

별 달린 말 장화를 신은 돈키호테가 고른 건 콜라야 사이다야

콜라 한 잔 사이다 네 잔 얼음은 따로

눈꽃빙수를 먹는 법에 대해 강의 중이다

쇠사슬 세 개쯤은 기본으로 달고 옵션은 만두 네 개 어때 보글보글 스폰지밥은 바닷속 파인애플 집에 살고 우리는 홀리홀리에서 모이지

누군가 콜라 향 문을 두드리면

원탁의 기사처럼 수저를 들고

초콜릿 깃발을 꽂고 산초 달려~팟!

말 장화는 어디서 팔지? 깊은 산 속 사이다 맛 한옥을 찾아봐

틴트를 바른 예쁜 여학생들이 예쁜 우비를 입고 예쁘게

길을 물으면
　반듯한 풍차를 끼고 무조건 우회전을 하라고 알려주자.
얼음 추가

조조

할인율올 어기서 말하는 것은 반칙이다 블랙아웃 상태였
을 때 도장 찍은 자는 조조 수염을 닮았다고 소리를 높였다

칸막이는 민트로 해야 하는 이유를 적다가 하늘을 끌어
내려 버렸지
누군 비염 치료 주사를 맞으려고 도망치고 누구는 어깨관
절이 좋지 않다고 검색대를 통과했다지 열쇠 구멍을 사람
모양으로 해봐 등짐에 부처를 태우고 일인시위 하는 자유주
의자는 자물쇠를 더 선호할지도 모른다

공항에서 양말을 널었지 덜 마른 속옷을 훔치지 않았지
모스크바행 비행기를 기다리는 사람들이 장갑을 팔았지 탈
락한 파도 소리

당신의 커리어는 사각이었나 요즘 유행하는 물결은 모스
크바가 좋아하는 색인가 분점을 낸 곳 날씨는 어떠한가 카
탈로그가 부족하지 않게 입술 크기를 정했는가
당신의 직업은 자유주의자라 했나 양말과 팬티와 장갑은

제대로 짝은 맞췄나 축축한 것이 나를 닮은 건지 모스크바
를 닮은 건지 고퀄리티를 자랑하는 문구는 반드시 필요할
걸?

  정직한 김치김밥은 새벽에 딴 깻잎이 한몫한다고 진하게
말했다

아톰의 눈을 그리고 세수를 해요

세수가 필요하면 연필을 가져와요 아톰의 눈이 그렇게 큰
지 언제부터 알았나요

세수만 하려고 아깝잖아요 지구에 온 이상 당신의 존재는
지구처럼 네모나게 아플 수도 있는데

기침이 심할 땐 행갈이 하지 말고 쏘아붙여요 며칠 씻지
않아도 충분히 성질 있게 보여요

남자예요? 여자예요? 속눈썹 길이를 정해야 해서요

억양이 센 풀벌레를 먹고 싶다는 아톰,

모퉁이를 돌면 에펠탑이 보일 거예요 방금 황금 칠을 했으
니 만지지는 마시고요

지게차는 파란색으로 해주세요 탑에 걸린 파도 소리를 내
려야 해서요

200mL 바나나 우유 박스는 보통어로 해주세요 친구들은
싸고 좋은 물건을 카트에 실어요

배경음악이 너무 사랑스러워서 비싼 와인을 잡아버렸어
요 17과 18 사이에서 벌어진 일

세수를 못 했어요 온몸이 눈으로 변했어요 더 큰 연필 가
져와요

펭귄 프락세이스
(156량 1125좌석)

1-1. 잘못 태어난 것으로 착각하지 말지어다.

1-2. 말투를 좀 곱게 썼으면 좋겠어 다다른 인연을 두고 갈릴리 호수라고 말하지 마 물속에 세 번이나 빠져봤지 한 번은 죽은 언니가 한 번은 동네 돼지오빠가 한 번은 기억이 잘 나지를 않아 나는 원래 물속에서 태어났을지도 모르지 조상의 이름을 적는 난에는 잘 기를 수 있는 관상용 혹은 애완용 비둘기라고 적어 넣을지어다.

1-3. 기억나는 순으로 기록하는 것은 날개의 자유지 얼마나 펴서 얼마나 큰 속력으로 날아가야 하는지 한쪽 눈의 시력은 어떻게 회복을 해야 하는지 1125년 전의 기록을 뒤져볼지어다.

1-4. 말투가 꼭 그래야 하나 내가 방금 전에도 언질을 줬잖아 좀 느슨한 맛으로 써보기를, 난 날지 않기로 한 지 오래지 어린 왕자의 이름을 팔고 조나단에게 쓴 편지는 어디에 두었는지 잊었지

1-5. 몇 번째 좌석이었을까 그로부터 969년 지금은 1호차 12D 좌석이 유행을 좀 탄다고 들었어 엘리베이터 혹은 에스컬레이터를 만든 후부터 조심스럽게 새들의 군무가 변

하기 시작했지 나는 분명 세례명을 말했지만 날개에 새기지 않았다는 이유로 따로 쓰기를 권유받았다는 것

1-6. 난 따로 쓰기라는 말 자체도 눈치채지 못했는데 적도에 가서 알았다는 것 만조의 바다는 늘 그렇듯 분홍의 글자들을 쪽쪽 빨아먹기를 원하지 플랑크톤은 그런 색이 아니야 빛이 내 맘대로 색을 입히는 것은 신이 알려주지 않았을걸?

1-7. 오호 내 다리가 또 조금 길어졌어

1-8. 한 번쯤은 더운 옷을 입고 잠들기를 엘리야도 그런 옷을 입었고 이사야도 그런 옷을 입었고 스피노자도 그런 옷을 입었고 내 생물학적 어미도 그런 검은 옷을 입었고 이교도들은 내 어미의 이름을 펭귄이라고 부르더군

1-9. 빨간 주사위를 다섯 개 준비하고 커다란 귓속에 숨겨온 생물체에 대한 몽타주를 그릴지어다.

1-10. 딱 세 번만 충고를 하지 그런 투로 말을 하면 음악을 하는 내가 곡에 집중할 수가 없다는 것만 알아둬 히틀러는 죽었고 441Hz는 남았지 모든 기계를 죽일 수도 없고 피아노를 새로 만들기에는 건반이 너무 맑아 흑건은 내 잘생긴 옆구리를 닮았고 쪼그리고 앉은 말 모양의 갈기는 히틀러의

콧수염과 음색이 같아 이봐 가위 좀 건네주기를

1-11. 아주 세게 미쳐버리든가 슴슴 겨드랑이 냄새를 영리하게 닦아주던가 다시 태어나는 것이 빠를지도 몰라요

1-12. 빨간 숫자에 대해 빨간 글자 수에 대해 빨간 노트에 대해 발설하는 것을 금지할지니 내게서 나온 모든 글자의 합에 대하여 논하지 말지어다.

1-13. 오 펭귄 어제부터 내 말을 새겨듣지 않는군 어쩜 그리 기억력이 꽝인가 내가 여러 번 경고를 주었음에도

1-14. 이모티콘의 변천사에 대하여 언질을 주기를, 가격이 나가는 것은 지워 놓고 언더그라운드에서 다루기로 하지

1-15. 아웃사이더들이 뭉치면 또 다른 교리가 생긴다는 것을 모두가 알고도 꿀꺽 삼켜버린 후에.

4부 |

숭어

이 돌다리는 추워

다리를 지나려면 은백색 정장을 입어야 하지 바람은 빠를
수록 사진이 잘 나오지 바람과 관계된 자들을 모두 묶어 잔
반 처리반으로 보내는 동안 못난이 진주 목걸이를 한 그녀
가 울고 있지 개나리처럼 등단한 시인의 반은 진흙을 파고
있다고 전해지지 팔수록 숭어 잔해만 등장하지 웃자란 손가
락을 자르고 싶을 때가 있지 멋있는 출세어로 남을까 해 자
란 만큼 잘라내며

시간 돌리는 일이 가장 쉬웠어 한겨울에 잔디가 깔린 언
덕을 오르면서 자전거 바구니에서 졸다가 크리스마스이브
에 내리지 시계를 거꾸로 돌리는 중에 자꾸 배가 고파 잠꼬
대로 김치를 부를까 눈을 다시 감지 같은 방향으로 잠을 자
는 개와 겨울고양이와 나, 이 다리는 추워 걷다 보면 주차장
주차장을 지나 수영장 수영장 지나 빗물펌프장 숭어가 뛰네

정장을 벗어 둘 2월의 복음서에 숭어가 꽂혀있었나 다리

에서 떨어진 바람이 슬쩍 비늘 서너 장을 넘길지도 몰라 책
갈피도 없는데 읽은 표시는 무엇으로 하나 기억은 숭어 밥
이 되었지

　자장가가 필요한 날이 자꾸 늘고 같이 놀던 숭어는 의심
많은 여름고양이한테 갔지

　물방울이 못난이풍선이 되고 은백색 기구가 된 날이었지

난파선이라 지었어

해적이 찾아왔어 이름을 하나 지어달라고 했어 난 작명가
가 아니니 옆집으로 가라 했어 언덕을 좀 지나면 바다가 나
온다고 일러줬어 배는 반쯤 부서진 듯한데 해적은 울지 않
았어

물색은 좀 검었어 누군가 객사한 조상을 빠트려 놓았어 하
얀 소의 해가 오고 있어 예수의 해는 언제 다 녹을까

난파선이라고 지어줬어 해적은 살짝 당황한 기색이었지
만 끝내 울지 않았어 옆집에서 보냈다고 해서 묻지 않았어
옆집은 강 아래로 사라진 지 오래 댐은 점점 젊어졌어

난파선에게 편지를 보내는 행사는 매번 만원이었지

편지지는 푹 젖어있었어 키보드도 축축하고 미간에는 우
산꽂이가 준비되어 있었어 친애하는 난파선이여 라고 쓰려
다 너무 짜서 물을 더 부었어 꼬리 부분이 잠겼어

해적이 빨간 이름을 들고 왔어 글씨는 안 보이고 빨간 돛
만 나풀거렸어

여름이라 불러줬어

양상치

설탕을 다 팔았다
설탕을 다 팔았고
설탕을 다 팔 줄 알았다

입속에서 설탕이 줄줄 쏟아졌다
재미있는 말이 녹았다
단맛이 도는 젓가락을 가져왔다

바꿔야 하는 것을 찾았다
바꿔야 할 것이 없었다
팔 것을 바꿔야 했다

소금을 주문한 지 일주일이 지났다
함박눈이 내린 지 꽤 됐다
소금을 취소했다
눈이 다 녹았다

소금을 팔지 못했다

소금을 팔지 못했고
소금을 팔 줄 알았다
눈의 계절은 이따금 온다

제설차의 바퀴 수를 세다가
바퀴를 사지 못했다
바퀴 파는 곳은 멀고 눈은 계속 쌓여갔다
택배기사는 오래도록 잤다

팔지 못한 설탕의 이름과 사지 못한 소금의 이름
다 녹은 함박눈의 이름과 택배기사가 놓지 못한 늦잠의
이름

또는, 단맛 나는 젓가락을 두드리며 이 시를 소리 내서 읽
고 있는 당신의 그 싱싱한 이름

근의 공식

머리에 문신을 한 동물을 낳았지
헐크를 조금 닮기도 하고 포물선을 닮기도 하고
이름은 근이라 지었지
공식이 달라붙었지
봄에는 A4라 부르고 여름에는 23이라 불렀지
태어나면서 근에 갇힌 아이들을 소월이라 불렀지

마당 한복판에 큰 연못을 팠지
바벨의 정상으로 통하는 문이라고 따로 이름을 지었지만
가을에 소리 없이 문이 닫히곤 했지
벼랑에는 가끔 돌이 줄지어 섰지
머리는 집에 두고 온 온달들이 평강을 찾았지
조명발인지 화면발인지 겨울에 불리는 이름은 곧 잊었지
무기가 없는 꿈틀이들이 루트 속으로 몰려들곤 했지

바닥은 늘 뾰족하기 일쑤지

그림 아래에는 다른 그림이 있고 그림을 떼어내면 또 바

닥이 나타나곤 했지
　문신이 자라 근이 되었지
　겨울이라 지었고 봄이 또 지하로 사라졌지
　난 운전을 해보지 못했지만 근사한 의자를 좋아하지 않
기로 했지

　엑스는 이 에이 분의 마이너스 비 플러스마이너스 루트 비
제곱 마이너스 사 에이씨
　굳이 말로 설명할 필요는 없었지만

　4억의 계절을 변함없이 뜨고 지고, 태어나고 사라지곤 했
다는 전설이 내일 기록될 것이니까

　자, 비 오기 전 어서 들어오기를 $x = \dfrac{-b \pm \sqrt{b^2 - 4ac}}{2a}$

새우 눈을 고르다가 존 존

초록색일 거야 내 눈은 겁에 질려 존 존*을 불러 별 모양 스콜을 만들러 가는 중

열대성 태풍을 동반한 지우개를 둥글게 잘라 칼 한 자루씩 차고 아방가르드

형광 주황에 검은 눈물 두 방울 연필을 날카롭게 깎아 속눈썹을 그려 낙타는 늘

뾰족하게 찬 클레오파트라의 사랑스러운 독

고객께서는 통화 중입니다 가위를 가져오세요

차가운 등 딱딱한 코 초록색 약지 손톱 새우 눈을 가진 고객께서 무대에 섰다
무슨 화관을 쓸까 심장이 머리에 있는 사람뿐일지 빨간 수염을 가진 사람뿐일지 객석 조명은 꺼지고
자른 눈들이 색소폰에서 나왔다 어떤 존을 고르셨나요

바다를 지나 첫 번째 도착하는 행성에 깃발을 꽂고 이름
을 새겨

개미 고객에게 바치는 등 굽은 바다의 통화음

* John Zorn: 미국 작곡가, 프로듀서, 색소포니스트

스크린 도어

너머, 파리 낚시
검은 고양이 두 마리가 참새 없애는 방법을 모의 중이다
엿들었다

꼬리로 문 열 생각은 버려 휘파람이 열쇠를 물고 달아났다
시 읽는 소리가 철로를 따라왔다 이런 날은 유독 손목이
시리다
열쇠가 유령인 건 알지? 사람들은 자동문이라고 호들갑
을 떨었다

유리, 모래무지 투망
고양이 입에 물린 참새를 구하는 방법
오른쪽 주머니엔 무지개떡 왼쪽 안주머니엔 핫도그 지퍼
는 꼭
짹짹 울자, 최대한 앙칼지게 백일 굶은 비행기처럼

양팔을 벌려 열려라 참깨 유리로 둔갑한 바위 앞에서 노
랗게 발을 구른다

열차가 들어옵니다 안전선 밖으로 배고프게 날아갑시다

날개, 내 키만 한 잉어
솔가지로 만든 깃털 코로 만든 부리 관으로 만든 눈
사람들아 참새를 못 구하면 조용히 웃자

문이 닫힙니다 참새고기 배식이 시작됩니다 건너편에 아
버지가 웃습니다

티눈, 수타, 마녀의 예언

속내가 투명한 달력으로 먹다 흘린 수타면을 덮었다
치댈수록 쫄깃한 기억을 녹이는 식초를 단무지를 양파를
아껴먹었다

여름을 가두면 좁은 구멍으로 빠져나가고 여왕을 가두면
찢은 예언이 튀어나왔다

옳지 않은 개들은 뜨거운 불로 뛰어들게 하시고

재를 물에 타 먹으면 겁이 없어진다고 했다 아내는 겨울밤
이면 보초를 세우고 오줌발을 갈겼다 마루는 기억을 못했다

하늘을 보지 말고 나를 봐요 맥베스, 당신의 티눈을 제거
할 겁니다 나의 송곳은 지극히 섬세하고 예리하여

숫자 속에 숨어 있는 검은 개를, 겁을 찌른 송곳을, 꽁꽁
언 여름을 달력에 칠했다

예언이 반대편에서 짖었다

물에서 떨어진 것들은 다

게
멍게
가자미
소금쟁이
장수풍뎅이
며느리밥풀꽃

얼굴에 초록 잎이 돋아나는 사람을 알고 있어요

소문 들어 보았니
물에서 떨어진 의자가 삐걱거릴 때마다 귀는 늘어나는데
눈이 어두운 자들이 모여들기도 하는 콧잔등 옆 그늘에서
물에서 떨어진 사람들이 하나둘 깨어나는 소리가 들려
눈을 감으면 장면이 하나씩 돋아나는 사마귀 문을 열고
몇 개의 단어를 먹고 사니
물에서 떨어진 언니가 나타나는 날에는 소문이 빨리 도
착한다고
  덮개가 떨어져 속이 다 보여

물에서 떨어진 장미의 (((( ))))

괄호 속에 소문을 넣을까 얼굴을 넣을까 장미를 넣을까

물에서 떨어진 시간이 흘러나왔다

꿈을 지배하는 것들의 종류는 모두
흐릿한 거북이들

누군가 다녀갔다
물에서 떨어진 초록 눈을 가진 사람을 본 적이 있어요

도배사가 된 시인의 유통기한

오늘은 도배지에 꿈을 입힐 차례
허리를 굽히고 들어간 다락방에 앉아 가로가 긴 어머니
를 열었다

개나리는 누가 입혔니
모르는 산모 질문에 배냇저고리를 만들다가 벽에 붙은 꿈
을 보았다
네 이름이 사라진 자리에 또 카드 한 장 붙이고

이번엔 누구 차례지 한 사람씩 나오라고 해 꽃잎 뒤에서
손 내미는 늙은 재봉사가 된 화가

꽃밭이야 꽃밭 직업을 들키지 말기를
이렇게 많은 꽃집을 누가 만들어 놨니 카드에 써놓은 시가
맘에 안 들어 빗물은 새지 않았으면 좋겠어

화가가 된 도배사가 두통이 온 틈을 타 도배사가 된 시인
이 토시를 꼈다 시계는 꽃집에서 가장 느리게 가는 것으로

불량 산소를 다 빼고 진공상태로 다락방에 올라갔다 귀를
막으면 파도를 만드는 어머니의 손가락

겨울은 바다지 바다는 열여덟 시간짜리 무료주차권 그래
서 오늘은 며칠 된 시인의 꿈을 입힐래

펑치기

안녕하신지요 구슬

소금을 태워보신 적 있으신지요 바다

풍선에 불붙여 본 경험은 무슨 색이라고 말했나요

광고 건너뛰기 눌러봤나요 검지에 밴드를 붙이면 힘이 세
져요

검은 스카프를 길게 물에서 꺼냈지요

키보드의 전생을 알아보다가 해저 도시를 발견했어요 쉿!

나는 나는 나는 마우스가 필요 없어서 아가미를 하나 사
기로 했는데

쇠구슬에 눈이 생기고 귀가 생기고 입이 생기더니 다시 귀
가 사라지고 단어를 잡아먹는 괴물체의 이름은 F10으로 밝

혀지고, 여기까지 말하는데 퍽

포도 맛은 제법 얄밉게 둥글어요

혀가 두 동강이 났어요 산 지 일주일밖에 안 되었는데
구제 매장은 해저에 있고 나는 나는 퍽치기를 당했고

오시는 데 불편한 점은 없으셨습니까

어쩔 수 없는 일

5$ 드론이 있었대 하늘에 드론을 띄운 날 알았대 5자 모양의 강 $처럼 생긴 숲

화장을 열심히 했대 숲의 소리를 가져와 이마를 반짝반짝 만들었대 노래방 불빛을 다 가져온 듯 그렇게

동물원에서 제일 키가 큰 드론은 얼마지?

5$ 드론이 있었대 강물에 드론을 띄운 날 알았대 5자 모양의 계단 $처럼 생긴 자전거

화장기없는 단발머리 소녀 혹은 처녀가(나이 가늠이 안 돼) 계단 앞에 섰대 자전거 키는 어딨지 계단을 따라 교복 입은 학생 혹은 이상한 종업원이 열 계단을 앞서서 나타났다 꺼졌다를 반복했지

노래방 18361 번호를 누르면 어떤 노래가 나오지?

과거의 내가 물을 때 미래의 나는 불을 끄고 한참을 소리
없었대 드론은 무엇으로 날리지 비 오는 날도 괜찮아?

켜고 싶지 않은 큰불은 알람처럼

그래서 지금 종이컵에 받은 커피의 값은 5$쯤 되나 겨울바
람이 2시 20분 방향에 머물러 있었대

시를 쓰는 일과 노래 번호를 누르는 일과 말더듬 드론이
비를 맞는 일

노래를 부르는 대신 또각또각 눈이 왔대

야

어제 이 시간쯤 기분이 좋아진다는 웹툰을 깔고 하나를 부른다 초경이 언제였지 내가 지운 아이들은 어디에서 살까 토성이나 금성에서 연락이 오면 바로 달려가야 하니 전동 킥보드를 사둘까

일어나. 09 09 09,
고라니가 09중 하나를 머리에 꽂고 나타났지

추우니까 신문지를 가져와 오른쪽 방엔 참새를 왼쪽 방엔 비둘기를 길러야지 참새가 방금 알 하나를 낳았다 청탁서에 적힌 참새 꿈은 돈복 비둘기 꿈은 선량한 일복 참새에게 원고를 넘겨야지

어제 이 시간쯤 기분이 좋아지는 웹툰을 읽으며 부침개를 먹는다 한 장은 참새처럼 한 장은 비둘기처럼 콕콕 구구거리며 은밀하게

풀이 손에서 자라면 현금서비스* 한도를 높여 주지

너를 내 여인으로 삼아 현금서비스를 눈감아 주면 넌 내게 어떤 풀을 주겠느냐

독약의 색은 검거나 아이거나

* 한 계단을 내려가면 돌려막기 두 계단을 내려가면 카드깡 지하로 지하로 내려가면 독약의 종류를 파는 시장통

원숭이 엉덩이는 빨개

빨가면 사과 사과는 맛있어 맛있으면 두 개를 사자
건전하게 사자
화내지 말고 사자

사자는 무서워 무서우면 서초동으로 가지
버킷리스트를 작성해서 가지
종이컵을 들고 가지
가지는 길어 길으면 기차 기차는 빨라
순간이동을 원하는 사람은 꼭 하울을 부르지
하울은 하늘을 잘 걷는 자

이쯤에서

원숭이 엉덩이를 보자
새로 만든 방명록을 보자
사과를 한 입 먹고 보자
쉽게 잠들고 싶은 종이컵을 들고

건전하게 자자

빨간 족보 속 빨간 스팸을 오도도독 먹는 꿈을 꾸며
원숭이 엉덩이는 원래 빨개 노래 부르며

옥수수가 너무해

비 올 확률 70% 옥수수가 너무한 날이었음
색깔이 고르지 않을수록 신발 뒷굽 소리는 작게 했음

계산기 없이 바가지 머리를 한 사자 바르게 먹는 것과 틀
리게 벗는 것
소리내지 말아요 잠꼬대
8분어치만 주세요 국
방수용 눈동자
조기 퇴실하는 새우와 중도 퇴실한 개구리
15도를 깨고 나온 가능한 거울

늑대와 펭귄과 뻐꾸기의 공통 귀는
감자 머리

빗자루를 든 여자 먼지 나도록 맞아본 남자 어깨에 앉은
먼지 몇을 주워 문장을 완성하는 남자의 조카 희생양이 필
요한 건물의 소유자

아니오 전 선거운동 대문 역할은 싫습니다

항성은 하나여야 해
겹치기 출연을 하면 꼬이기 시작하지

절판 직전인 키높이 신발 속에 옥수수 알갱이를 심어 놓음

아따

- 분위기를 잘 파악하는 발언을 한다*
바람이란 단어를 사용하지 않기로 했을 때 지진이 났다

- 농담과 악의적인 말을 구분하는데 소질이 있다*
눈이 아플 때마다 어느 섬마을 초등학교 교장 입꼬리가
생각났다

- 지극히 이타적인 성향을 보이며 나의 일에 크게 관심을
두지 않는다*
21개의 칸막이 책상에 앉은 남녀 중학생의 머리칼이 갈색
인 걸 아무도 눈치채지 못했다

- 사과나 감의 맛을 잘 읽지 않는다*
3단 화환 속 친구의 얼굴이 비리 목록을 밑줄긋고 있었다

- 상처받는 방법을 잘 안다*
가장 잘한 점과 가장 후회스러운 점을 말하라는 딸아이의
옷이 다이애나를 연상케 했다

- 예언이 맞을 때마다 빠르게 뛰는 방법을 안다*
그날 그 기차 그 계단의 그의 주머니가 보호자 냄새로 칠해져 있는 걸 늦게 깨달았다

- 본인이 그린 웹툰의 주인공은 무기징역 쿠폰을 자주 가진다*
면회가 금지되었고 실종된 종이가 자꾸 늦지대에서 발견되었다

- 소리, 소리, 소리, 소리, 소리 등의 자극에 심하게 반응하거나 지나치게 얌전하다*
등이 시려서 족욕기를 샀다 발에서 빨간 산호가 자랐다 부순 날 코피가 났다

- 감정을 담은 게임을 내밀면 자꾸 눈을 돌린다*
밤 열 시 4번 출구 앞에서 소리를 질러서 그를 잡았다

－ 숨겨진 조작의 의미를 파악하지 못한다*
가지 말라고 했는데 다리가 잘리는 꿈이 글자 속으로 숨었다
아따,

* [조작하자] 성인 아스퍼거 증후군 테스트 자가진단, 걸리는 방법은?
아따,

캐리어

감옥 생활을 쉴 새 없이 기록하는 필경사를 따라 가방으로 들어갔다

악어를 닮았거나 달마시안 옷을 걸친, 리기다소나무 아래서 입을 크게 벌리고, 티벳버섯 키우는 법을 잘 아는 자가 후계자라 했다

살아 있는 식량이 후계자를 기다리다 둥글어졌다

어디쯤 짐을 풀고 불편한 왕조를 세울까

우유를 붓고 암호를 풀고 녹슨 달이 나왔다 곪았던 체기가 흘러나왔다

굵은 비가 높은 담을 때렸다

가장 악마 같은 벽을 추천하라고 설문지를 돌렸다

가방 속에서 여러 개의 벽이 나왔다 벽에서 여러 사람이 나왔다

사람들이 악어 눈을 먹었다

립스틱이 지워진 여자가 성호를 그었다

도레미파솔라시도레미파솔라시

통곡하는 섬을 끌고 가는 견인차가 목격되었다

안개가 잠깐 잠이 든 사이 섬이 사라졌다

통화목록에 캐리어가 있어 당장 깨워
너무한 시간에 너무한 행동에 너무한 견인에 대하여 묵비
권을 행사하세요

의심 많은 자가 섬을 찾아 나섰다 누구도 견인차에 대해

목격담을 늘어놓지 않았다

사람들이 당신을 섬이라 부르고 나를 후계자라고 불렀다
당신은 배가 아프다고 하고 나는 웃는다

모르는 말과 모르는 웃음과의 싸움에서 공소시효가 없는
후계자들이 점점 늘어났다

눈물이 멈춘 섬은 가뭄이 길다고 했다

너무한 신사 숙녀 여러분이 가방을 들고 사라졌다 그날 밤
비가 많이 내렸다

* 그의 이름은 양자도약으로 바뀐다. 오랜 잠에서 깨어났을 때 캐리어
로 불리더니 그 후 안개로 달로 후계자로 악어로 달마시안으로 섬으로 신
사 숙녀로 옷을 갈아입었다. 내일 아침 어떤 이름으로 불릴지 가방을 열어
야만 알 수 있다고 했다.

모기와 떡볶이

모기 네 마리가 떡볶이를 먹다가 전기 그물에 걸렸다는 슬픈, 이야기의 닉네임 팝니다

소리가 투명하다면 믿을래 후추 간을 좀 더 넣고 매운 것을 불러내는 모기들
내일은 모기가 먹은 떡볶이에 대해 쓸 거야

0과 49 사이에서 소리만 질렀지

루브르박물관에서 만난 늑대의 전생이었다는 녀석을 4년째 모니터 너머에서 찾고 있는 우리 엄마, 순간 화형당한 모기의 아내가 나타났어 물론 투명하게, 난 금세 알아차릴 수 있었지 귀가 2mm 길어진 이유도 다 연결이 되어있지 검은 키보드 위로 날아가는 전생, 냄새가 투명하다면 믿을래 바비큐 맛을 추가하고 싶진 않은데, 탁탁 타다닥

떡볶이 냄새가 나는 거예요 온종일 굶었어요 사람들은 모두 어디로 갔을까요 곧 불타는 나무라는 닉네임을 사기로

했는데

불안한 모기 채와 불온한 모기 사이에서
소리만 질렀지

생각을 하는 사람 위에 생각을 밟는 짐승, 생각을 쓰는 짐
승 옆에 생각을 기록하는 장인, 생각을 담는 장인 아래 외치
는 사람들의 오래된 경전을 나무라 불렀지

전기 그물에 걸린 모기 이야기를 더 들어야 하는데 떡볶
이는 다 식고

설탕이니까

선풍기 소리가 짤 때 필요한 녹는 점
쓴맛을 평가할 때 필요한 알갱이의 개수

바람이 불거나 말거나 살아야겠다는 미세먼지 담당
끝말잇기나 꼬리잡기의 달인

비 온다

삼척에 갔지
구척장신 파도가 물고기 눈처럼 내렸지
잘난척하느라 온몸에 분수 구멍을 냈지
증명하지 못한 문제들을 뿜었지

여름출판사는 문을 닫고 더는 포도가 열리지 않았지

몸속에서 사라진 세포들의 DNA에 토성의 혈액형을 붙여
줬지

바람 분다

기차 뒤에 바짝 꼬리가 두 개 달린 바다
쓴맛 소리
공화국에 대한 맞춤형 설탕 알갱이

리|95리

Christmas Break/킷캣
영화를 위한 선/백남준
김옥길 기념관/김인철
묵념 5분 27초/황지우
50분 분필 소리/어느 고교의 물리 교사

4분 33초/존 케이지
백색 회화/로버트 라우센버그

* 제목을 자세히 알고 싶다면/ 999초 동안/ 당신 앞에 앉아 있지만/ 보이
지 않는/ 리호를 생각하세요

■트레일러 필름

평화를 삽니다

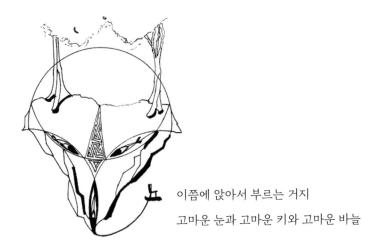

이쪽에 앉아서 부르는 거지
고마운 눈과 고마운 키와 고마운 바늘

마법, 그 경이로운 초자연의 세계

황치복(문학평론가)

마법, 그 경이로운 초자연의 세계

1. 일상의 마법화, 혹은 마법의 일상화

시단에 센세이션을 일으켰던 『기타와 바게트』(문학수첩, 2020) 이후 5년 만에 펴내는 리호 시인의 두 번째 시집이다. 리호 시인은 이번 시집에서 첫 번째 시집에 이어서 본격적으로 마법의 세계를 탐구하고 있는데, 마법의 아우라를 배경으로 하고 있어서 그런지 신기하게도 한 편 한 편의 작품들이 모두 신비로운 정취를 자아내서 지루할 틈이 없다. 시편들이 모두 평범하거나 상식적인 발상과 전개를 거부하기에 어떤 작품을 읽더라도 놀라움과 생동감을 느낄 수 있는데, 이러한 작품들의 경이로움은 일상을 마법으로 만들려는 시도, 혹은 마법 자체를 일상으로 탈바꿈시키려는 시인의 작시술의 원천에서 우러나는 듯싶다. 시인은 일상의 자잘한 사건들과 사유에 몽상과 환상의 힘을 발휘하여 뜻밖의 놀라운 상황과 요소들을 결합함으로써 진부한 일상에 경이로움을 산출한다.

마법(魔法, wizardry) 또는 주술(呪術, sorcery)이란 초자연

적인 현상 그 자체, 혹은 불가사의한 현상이나 사건을 일으키는 힘이나 방법을 일컫는 말이다. 신비(神祕, occult), 마술(魔術, magic), 위치크래프트(妖術, witchcraft) 등 다양한 용어들이 있지만, 초자연적 현상이라는 점에서 본질적으로 마법의 영역에 속한다. 마법이라든가 주술, 혹은 신비, 마술, 요술 등의 용어들은 한결같이 현상의 표면에 나타나지 않고 이면에 숨어 있는 비밀스러운 힘이나 작용 등을 암시한다. 그 미스테리한 힘의 작용에 대해서 탐구하고 그것의 힘을 활용하려고 하는 것이 바로 마법의 영역이라고 할 수 있는데, 그 마법의 역능이란 리호 시인이 이번 시집에서 무수한 사례를 통해서 보여주고 있는 것처럼 단조롭고 께느른한 현실에 균열을 가하고, 그 균열이 일으키는 파문과 파동의 경이를 체험하는 것이다.

사실 신화의 눈으로 보면 모든 현실이 마법의 연속이 아닐 수 없다. 겨울이 되어 눈이 내리는 현상, 그리고 봄이 되어 천지에 꽃들이 만발하는 현상 등은 어떤 숨어 있는 놀라운 힘의 발현이 아닐 수 없다. 그리고 갑자기 처음 만나는 사람에게 사랑에 빠지는 사건이라든가 그 사랑의 결실로 인해서 자신을 닮은 아이가 태어나는 현상 등은 모두 경이로운 과정의 연속이며, 어떤 숨겨진 힘의 작동이 아닐 수 없다. 이 세상이 로고스만으로 이루어진 것이 아니며, 인류의 역사가 엄청난 시간 동안 뮈토스의 지배를 받아왔다는 사실을 상기해 보면, 리호가 추구하는 마법의 세계라는 것이 어쩌면 자연스러운

것인지도 모른다. 리호 시인이 2025년 전의 자신의 존재를 상
정하거나 지구별과 은하적 세계의 차원을 도입하는 등의 시
적 발상을 보이는 것은 시인의 시적 충동이 어떤 근원적인 세
계와 닿아 있다는 것을 암시한다.

이 시집에는 몽상가라든가 꿈과 해몽, 그리고 마법사라든
가 마녀, 주술이라든가 주술사 등의 어휘들이 바둑돌처럼 곳
곳에 박혀 있는데, 이러한 요소들이 시집 전체를 신비스러운
분위기로 이끌어간다. 그런데 이러한 용어들보다는 오히려
현실을 마법화하려는 다양한 시적 전략들이 더욱 주목되는
데, 그것은 현실의 해체와 새로운 현실의 구축이라는 변신과
변형의 기제들이기 때문이다. 이번 장에서는 먼저 리호 시인
이 활용하고 있는 진부한 현실의 마법화 전략에 대해 알아볼
것인데, 그 전에 시인이 생각하는 시인의 모습을 보여주는 시
가 있어서 잠깐 살펴보자.

오늘은 도배지에 꿈을 입힐 차례
허리를 굽히고 들어간 다락방에 앉아 가로가 긴 어머니를 열었다

개나리는 누가 입혔니
모르는 산모 질문에 배냇저고리를 만들다가 벽에 붙은 꿈을 보
았다
네 이름이 사라진 자리에 또 카드 한 장 붙이고

이번엔 누구 차례지 한 사람씩 나오라고 해 꽃잎 뒤에서 손 내
미는 늙은 재봉사가 된 화가

꽃밭이야 꽃밭 직업을 들키지 말기를
이렇게 많은 꽃집을 누가 만들어 놨니 카드에 써놓은 시가 맘에
안 들어 빗물은 새지 않았으면 좋겠어

화가가 된 도배사가 두통이 온 틈을 타 도배사가 된 시인이 토
시를 꼈다 시계는 꽃집에서 가장 느리게 가는 것으로

불량 산소를 다 빼고 진공상태로 다락방에 올라갔다 귀를 막으
면 파도를 만드는 어머니의 손가락

겨울은 바다지 바다는 열여덟 시간짜리 무료주차권 그래서 오
늘은 며칠 된 시인의 꿈을 입힐래

— 「도배사가 된 시인의 유통기한」 전문

"도배사가 된 시인"이라는 구절 속에 시인의 자기 정체성
이 암시되어 있다. 시적 맥락에서 도배란 곧 "도배지에 꿈
을 입힐 차례"라는 구절에서 알 수 있듯이 꿈을 입히는 존재
라고 할 수 있는데, "벽에 붙은 꿈"이라는 표현에서 벽을 현실
이라고 한다면, 벽에 도배지를 바르는 행위는 곧 현실에 꿈을
입히는 작업과 다르지 않을 것이다. 시의 마지막 부분에서 언

급하고 있는 "오늘은 며칠 된 시인의 꿈을 입힐래"라는 표현에서도 시인은 현실이라는 표면에 꿈을 입히는 존재라는 인식을 확인할 수 있는데, 시인이란 결국 기존의 진부한 현실에 꿈을 접목함으로써 그 현실을 변형하고 일신해서 새로운 현실을 창출하는 존재라는 시적 인식을 볼 수 있다.

이 시에서 또 하나 주목할 만한 점은 시인이 강조하는 꿈이 지니고 있는 논리인데, 꿈의 논리는 곧 변신의 능력이라고 할 만하다. 시적 맥락에 의하면 화가는 재봉사가 되고, 또한 도배사는 화가가 되기도 하며, 시인은 도배사가 되기도 한다. 그러니까 시인은 도배사가 되고, 도배사는 화가가 되며, 화가는 재봉사가 되는 등의 다양한 존재의 변신이 이루어지게 되는 셈이다. 이러한 존재의 변신은 곧 그들이 창출하는 새로운 현실과 관련되어 있는데, 존재의 변신과 함께 세상은 새로운 모습으로 변모하게 된다. 이러한 변모가 더욱 전개되면, 다락방의 여닫이문이 어머니가 되기도 하고, 어머니의 손가락은 파도가 되기도 하며, 겨울 바다는 "열여덟 시간짜리 무료 주차권"이 되기도 한다. 물론 이러한 변모의 핵심에는 꿈꾸는 작업이 작동하고 있으며, 그러하기에 꿈이란 세상을 바뀌게 하는 가장 주요한 동인이 된다. 꿈 외에도 시인은 현실에서 새로운 마법을 발생하도록 하는 다양한 전략을 구사하는데, 그 가운데 하나가 허구적 세계를 현실에 덧씌우는 것이다.

　　콜라 한 잔 사이다 네 잔 얼음은 따로

눈꽃빙수를 먹는 법에 대해 강의 중이다

쇠사슬 세 개쯤은 기본으로 달고 옵션은 만두 네 개 어때
보글보글 스폰지밥은 바닷속 파인애플 집에 살고 우리는 홀리
홀리에서 모이지

누군가 콜라 향 문을 두드리면

원탁의 기사처럼 수저를 들고

초콜릿 깃발을 꽂고 산초 달려~팟!

말 장화는 어디서 팔지? 깊은 산 속 사이다 맛 한옥을 찾아봐

틴트를 바른 예쁜 여학생들이 예쁜 우비를 입고 예쁘게 길을 물
으면
반듯한 풍차를 끼고 무조건 우회전을 하라고 알려주자. 얼음 추가
　　　　─「별 달린 말 장화를 신은 돈키호테가 고른 건 콜라야 사이다야」 전문

시적 공간에서 벌어지는 사건들은 평범하기 그지없다. 콜
라 한 잔과 사이다 네 잔을 시키고, 눈꽃빙수를 먹고, 만두는
네 개 추가하는 등의 사건들은 너무 흔해 빠진 일상이라 이

런 것들이 시적 제재가 될 수 있을까 하는 생각이 들 수도 있다. 하지만 이러한 평범한 현실을 생동감 넘치는 모험과 환상의 공간으로 만들기 위해서 시인은 중세의 기사도 이야기와 소설, 그리고 인기 있는 애니메이션 등의 장면을 끌어들인다. 그리하여 이러한 평범한 일상에 도입된 소설과 영화의 장면들은 현실의 지루하고 무미건조한 공간을 변모시킴으로써 새로운 현실을 창출한다.

구체적으로 그 장면들을 살펴보면, "만두 네 개"에 다음에 등장하는 "보글보글 스폰지밥은 바닷속 파인애플 집에 살고"라는 표현으로 인해 시적 공간은 갑자기 환상 공간으로 변모하고 마는데, 독자들은 곧장 태평양 바닷속, 네모나고 노란 해면동물 '스폰지밥'과 친구들이 사는 '비키니 씨티'라는 해저 도시로 잠수하게 되고, 거기에서 일어나는 기상천외하고 유쾌한 일이 일어나는 애니메이션의 모험 속으로 빠져들기 때문이다. 또한 "원탁의 기사처럼 수저를 들고"라는 표현은 시적 공간을 저 위대한 아서왕을 비롯하여 뛰어난 영웅들이 활약했던 중세의 성으로 인도하고 있으며, "초콜릿 깃발을 꽂고 산초 달려~팟!"이라는 표현은 중세 기사도의 끝자락에 펼쳐진 환상적인 이야기, 즉 연인 둘시아네를 구출하기 위해 모험에 나서는 돈키호테와 산초 판사의 서사 속으로 빠져들게 한다.

이러한 허구와 환상의 도입으로 인해서 콜라 한 잔과 사이다를 마시고, 만두와 초콜릿을 먹는 사소한 행위가 중세 기사들의 도전에 동참하는 일이 되고, 해저 도시의 환상적인 여행으로 빠져드는 모험이 된다. 그래서 시적 전개의 마지막 장면, 즉 "틴트를 바른 예쁜 여학생들이 예쁜 우비를 입고 예쁘게 길을" 묻는 것과 같은 평범한 사건도 "반듯한 풍차를 끼고 무조건 우회전을 하라고 알려주자"와 같이 중세의 고혹적인 모험의 한 장면으로 변하고 마는데, 이러한 장면에서 우리는 돈키호테가 "모닝스타를 든 거인"으로 오해하여 공격하기도 하는 풍차의 그로테스크한 이미지를 감지할 수 있다. 현실에 마법을 도입하는 방법으로는 소설과 영화의 도입도 있지만, 시간의 질서를 해체하고 재구성하는 방법도 매우 효과적이다.

시계는 동그란 것으로 하자 시간이 구른다고 말을 해봐 스스로 기특하지
하루 중 가장 별이 배고플 때 **랗다고 하자 뒤죽박죽인 글자들을 오려서 제자리로 보내는 작업을 추석이라 하자** 시계 소리를 들려주는 거지 손가락은 열 개야 다친 손가락은 누가 먹었나 옆으로옆으로옆으로 가는 바늘은 어제 이맘때 뱉은 사탕일 수도 있지
의심의 끝이 동그

태풍에 잘린 길에 서서 오지 않을 버스를 떠올리며 멀미를 하자 좌석은 이미 정해졌다고 **에 무엇을 숨기고 사는지 침을 묻혀 굵은 글씨로 받아적어 보자** 말해주는 남자와 딱 한 번만 동침해 보자 **숨소리**

색맹인 그가 운전을 하는 방법에 대해 보조석에 향기 나는 커버롤 **씌우고 펄쩍 뛰는 거지 나는 다리가 길어 다리가 긴 거**

지 손가락이 무슨 죄겠어 노트북은 윈도우7이라는데 네모난 바둑돌이 다 창문으로 보이네

다시 무한대의 손가락, 시계는 동그란 것으로 하자 스스로 기특한 시간에 기름칠을 하고 손가락에서 잘 키운 바늘로 사탕을 만들자 4시 30분이 구르고 있는 향기 나는 행성에서

—「4시 31분일지도 모른다」 전문

"4시 31분"이라는 시간은 참으로 애매한 시간이지만, 그것이 낮과 밤, 혹은 정오와 저녁의 어떤 변화의 지점으로서 굴러가고 있는 것은 사실이다. 시인은 "시계는 동그란 것으로 하자 시간이 구른다고 말을 해봐 스스로 기특하지"라고 하면서 시간이 동그란 원을 그리며 구른다는 것을 강조하고 있는데, 구른다는 것은 흐른다는 것과 다르며, 직선적이고 선조적인 흐름으로서 나아간다는 것과도 구별된다. 구른다는 것은 어떤 변화를 생성하면서 흐른다는 것이며, 그렇기 때문에 무미건조한 흐름이 아니라 어떤 결절점과 특이점을 생성하면서 가치를 산출한다는 점을 암시한다. 시인이 "잘 키운 바늘로 **사탕**을 만들자 4시 30분이 구르고 있는 **향기 나는** 행성에서(강조-인용자)"라고 하면서 유독 사탕과 향기를 강조하는

것은 그러한 의도와 관련되어 있다.

이번 시집에서 '사탕', 혹은 '설탕'은 추상적인 차원에서 둥근 이미지, 혹은 '보름달'의 이미지와 결합되어 있는데, "부활한 보름달이 뜬 날 수면 양말을 신고 사탕수수밭으로 간다/네모들을 불러 둥글게 잠드는 법을 가르쳐줬다"(「말괄량이가 달 만드는 법」)라고 묘사하는 대목에서 이를 확인할 수 있다. 이 시에서는 "뒤죽박죽인 글자들을 오려서 제자리로 보내는 작업을 추석이라 하자"라는 대목에서 이를 확인할 수 있는데, 추석은 보름달을 연상시키고, 보름달이란 원만구족한 원형의 이미지를 함축하는바, 뒤죽박죽인 글자들을 완전하게 하는 작업은 곧 시간이 제대로 굴러서 원형을 생성하면서 의미와 가치를 산출하는 것과 연관되어 있다.

이를테면 이 시에서는 시적 언술이 전개되면서 중간에 갑자기 뒤죽박죽인 문장의 파편들이 등장하고 분절되는데, 그러한 굵은 글씨로 처리된 시적 언술은 문장의 계기적 흐름을 방해하고 단절시킨다는 점에서 시간의 계기적 질서의 와해와 연결된다고 상정할 수 있다. 그러니까 시간의 질서에 따라서 흐르던 시적 언술들이 균열을 일으키고 단절과 혼란을 경험하게 되는데, 이러한 질서의 붕괴가 곧 계기적 시간의 흐름에 대한 단절과 와해를 초래하게 되는 것이다. 결론은 이러한 분절과 단절이 현실적 담론의 해체를 촉구함으로써 계기적 시간적 질서의 붕괴와 현실의 일탈로 이어지고 결국 새로운 카오스적인 새로운 현실의 구축과 연결된다는 점이다. 결국 시인은 시간의 계기적 질서를 깨뜨려서 "스스로 기특한 시간에 기름칠을 하"기도 하고, 향기를 음미하기도 하면서 또한 그것을 보름달처럼 하나의 완결된 흐름을 형성하기도 하면서 시간을 가지고 자유자재로 놀이를 하고 있다고 할 수 있는데, 이러한 놀이가 새로운 현실을 생성하는 마법의 역할을 하는 것이다. 시인에게 마법의 전략으로서 감각의 교란도 중요한 한 축을 담당한다.

태극기 흔드는 소리 촛불 켜는 소리 버스 종점 눈 쌓이는 소리 어젯밤 꿈이 수상하다

측백나무가 앓는 소리 윤달 먹은 가을이 숨는 소리 애동지가 꾸물거리며 오는 소리 계절이 뒤바뀌는 소리 예지몽이 잠꼬대하는 소리 보름 지나 하늘이 달 깎는 소리

잘못 걸려 온 전화에서 나오는 헛기침 소리가 수상하다

알람 소리 오십견 어깨 삐걱거리는 소리 마우스 놀라는 소리 가위눌리는 소리 돋보기가 다가오는 소리 뒤쫓는 소리 하이힐 소리 철 대문 여는 소리 밥 짓는 소리 배고픈 국수 소리

열 맞춰 계단 오르는 달동네 소리

수십 번의 응찰 끝에 처음으로 성공한 낙찰자는 명도 된 달을 손에 꼭 쥐고 아홉수를 넘겼다

달이 우는 소리로 불로소득을 챙긴 시간 경매사가 수상하다

하늘에서 동아줄이 내려오기를, 날개 없는 것들이 모여 수상하기를, 벼랑 위로 하늘을 나는 양탄자가 있기를,

뜨는 해의 기침 소리는 수상하지 않기를

—「소리, 수상한 것들」 전문

시인이 시적 공간에 무수한 소리를 등장시키고 그것들이 모두 수상하다고 진단하는 것은 그것들을 당연시하지 않고 이상하게 여겨서 의심한다는 것을 의미한다. 그러니까 "태극기 흔드는 소리 촛불 켜는 소리" 등의 소리를 비롯하여 "알람 소리 오십견 어깨 삐걱거리는 소리 마우스 놀라는 소리 가위 눌리는 소리 돋보기가 다가오는 소리 뒤쫓는 소리 하이힐 소리 철 대문 여는 소리 밥 짓는 소리 배고픈 국수 소리" 등의 일상적이고 비일상적인 현상에서 야기되는 소리들이 모두 보통과 달리 정상적이지 않고 이상하다고 판단하는 것이다.

그런데 사실 시인이 일상적인 무수한 소리들이 이상하다고 진단한다기보다는 소리에서 이상한 현상을 발견한다는 것이 더 적확한 표현이 될 것이다. 시인이 이러한 소리들이

수상하다고 진단하는 것은 그 소리 속에 비정상적이고 초현실적인 어떤 현상들이 잠재해 있다고 판단하기 때문이다. 예컨대 "측백나무가 앓는 소리 윤달 먹은 가을이 숨는 소리 애동지가 꾸물거리며 오는 소리 계절이 뒤바뀌는 소리 예지몽이 잠꼬대하는 소리 보름 지나 하늘이 달 깎는 소리"라는 표현에서 우리는 '윤달'이라든가 '애동지', 혹은 '예지몽'과 같은 이례적인 현상들을 발견할 수 있는데, 그러니까 이러한 표현 속에는 지극히 정상적인 보통의 일상 속에도 어떤 비일상적이고 초현실적인 현상이 내재되어 있다는 것을 암시하는 셈이다. "어젯밤 꿈이 수상하다"라는 표현이라든가 "아홉수"와 같은 시어들도 기괴하고 이상한 초현실이 현실 속에 숨어 있는 현상을 발견하고 있는 국면을 보여준다.

결국 이러한 시적 맥락이 설정되어 있었기에 "하늘에서 동아줄이 내려오기를, 날개 없는 것들이 모여 수상하기를, 벼랑 위로 하늘을 나는 양탄자가 있기를"과 같은 마법의 언술이 나타나는 것을 쉽사리 수긍하게 된다. 하늘에서 동아줄이 내려오는 동화적 상상력이라든가 하늘을 나는 양탄자와 같은 마법의 도구가 수상한 현상들로 점철된 현실에서 전혀 이상하지 않게 되는 것이다.

2. 음식 혹은 맛, 마법의 세계로 통하는 문

시인이 구축하는 마법의 전략들에 대해서 살펴보았다. 기본적으로 시인은 현실에 꿈을 덧씌우는 작업을 통해서 진부한 현실을 갱신하고 쇄신하여 새로운 현실을 구축하고 있었다. 또한 허구적 서사라든가 동화, 혹은 영화와 같은 장면들을 현실에 오버랩함으로써 현실을 마법화 하며 초현실적 현실을 창출하고 있었으며, 시간의 계기적 질서의 붕괴라든가 언술적 질서의 해체를 통해서, 그리고 지극히 일상적인 현상 속에 숨어 있는 이질적이고 기괴한 이례적 현상을 발굴함으로써 지극히 당연하고 정상적인 현실에 균열을 가하고 마법과 같은 초현실이 틈입하도록 하고 있었다. 그런데 이번 시집에서 가장 두드러진 특징 가운데 하나는 이러한 마법의 세계로 통하는 문으로서 음식, 혹은 맛이라는 미각을 특화시키고 있는 점이다. 그러니까 시인은 독특한 음식과 맛을 통해서 일상의 현실에 초현실적인 어떤 것을 끌어오고 있는 것이다. 그 양상을 살펴보자.

501호 병실에 장기 입원 중인 낙타가 갈치조림 정식을 주문했다

테니스장이 딸린 주차장에서 차들이 낮잠을 자는 사이
주차장 주변으로 강아지풀이 메뚜기와 자리다툼을 하는 사이
하얗게 암내를 풍기는 구절초는 내년에 하얀 나비를 낳을지도 모른다
130살 먹은 나무 계단이 가시를 물고 움직이는 성처럼,
  -소피, 하울을 불러줘

투덜거리며 갈치를 먹는 낙타, 발라주며 꾹꾹 참는 사내

트레이닝복을 입은 남녀가 병실에 딸린 테니스장에서 천천히
트랙을 돌고 있었다
주머니에서 알을 까는 공에게
-먹는 방법을 가르쳐줄까 나는 법을 가르쳐줄까 가장 빨리 재
우는 법을 가르쳐줄까

— 「갈치조림 나비효과」 부분

이 시에서 발생한 모든 나비효과의 결과는 "501호 병실에
장기 입원 중인 낙타가 갈치조림 정식을 주문"하면서부터 야
기된다. 주목되는 변화는 "하얗게 암내를 풍기는 구절초"가
"내년에 하얀 나비를 낳"게 될지도 모른다는 것, 그리고 "130
살 먹은 나무 계단이 가시를 물고 움직이는 성"처럼 변한다
는 것이다. 그러나 가장 극적인 변화는 바로 마법과 마술이
펼쳐지는 "하울의 움직이는 성"과 같은 애니메이션의 세계가
펼쳐진다는 것이다. 물론 이러한 현상이 발생한 것은 갈치조
림에서 발라내야 하는 가시와 하울의 움직이는 성이 지닌 날
카로운 모습의 유사성에서 연상작용이 발생했기 때문이다.
그런데 이러한 연상의 효과는 더욱 나아가 어떤 주술과 마
법의 효과로 이어지는 데, "주머니에서 알을 까는 공에게" 시
적 화자가 전하는 메시지, 즉 "먹는 방법을 가르쳐줄까 나는

법을 가르쳐줄까 가장 빨리 재우는 법을 가르쳐줄까"라는 주문(呪文)과 같은 말이 이어진다는 것이다. 물론 이러한 주문은 "트레이닝복을 입은 남녀가 병실에 딸린 테니스장에서 트랙을 돌고 있"는 장면으로 인해서 생성되는 것인데, 시적 화자의 상상력 속에는 갈치조림이라는 음식이 병실에서 해방되어 트레이닝복을 입고 운동을 할 정도의 건강을 회복하는 하나의 활력소로 작용한다는 점이다. 그러니까 '갈치조림'이라는 평범한 음식은 장기 입원 중인 환자에게는 병마에서 해방되어 건강한 일상생활을 회복할 수 있는 어떤 마법과도 같은 기제로 작동하고 있는 셈이다. 주머니에서 알을 까는 공에게 그러한 주문을 거는 것은 곧 탄력이 있는 삶의 의지를 그것에 의탁하고자 하는 환자의 내면을 표상한 것이라 이해할 수 있다. 음식의 마법적 효과를 확인할 수 있는데, 다음 작품 역시 마찬가지다.

　속내가 투명한 달력으로 먹다 흘린 수타면을 덮었다
　치댈수록 쫄깃한 기억을 녹이는 식초를 단무지를 양파를 아껴 먹었다

　여름을 가두면 좁은 구멍으로 빠져나가고 여왕을 가두면 찢은 예언이 튀어나왔다

　옳지 않은 개들은 뜨거운 불로 뛰어들게 하시고

재를 물에 타 먹으면 겁이 없어진다고 했다 아내는 겨울밤이면
보초를 세우고 오줌발을 갈겼다 마루는 기억을 못했다

하늘을 보지 말고 나를 봐요 맥베스, 당신의 티눈을 제거할 겁
니다 나의 송곳은 지극히 섬세하고 예리하여

숫자 속에 숨어 있는 검은 개를, 겁을 찌른 송곳을, 꽁꽁 언 여름
을 달력에 칠했다

예언이 반대편에서 짖었다

―「티눈, 수타, 마녀의 예언」 전문

물론 이 시는 음식을 제재로 하고 있는 것은 아니다. 하지
만 음식이 마법의 세계로 통하는 단초를 제공하고 있는 것은
사실이다. 이 시의 시적 공간에는 주술과 신비, 마력과 미신
의 초현실적 현상들이 넘쳐나고 있는데, 그렇기에 "속내가 투
명한 달력으로 먹다 흘린 수타면을 덮었다"는 진술조차 평범
하지 않다. 이러한 진술에도 어떤 금기와 징크스 같은 초현실
적 작용이 잠재되어 있는 것처럼 보이기 때문이다. 특히 "치
댈수록 쫄깃한 기억을 녹이는 식초"라든가 "재를 물에 타 먹
으면 겁이 없어진다고 했다" 등의 표현들 속에는 증명할 수
는 없지만, 그렇다고 무시할 수도 없는 음식과 관련된 어떤

강력한 마력의 힘이 숨어 있다.

이러한 음식에서 촉발된 주술과 마법의 세계는 다양한 이미지로 전개된다. "불로 뛰어드"는 "옳지 않은 개"라든가 "숫자 속에 숨어 있는 검은 개"의 이미지, 그리고 "당신의 티눈을 제거할 겁니다"라는 표현에서 돌출되는 '티눈'의 이미지들이 그것들이다. 특히 지극히 섬세하고 예리한 송곳으로 제거하고자 하는 '티눈'의 이미지 속에는 옛날부터 불길한 조짐이나 재앙의 예고로 생각되던 미신의 그림자가 어른거린다. 결국 이러한 미신과 조짐, 주술과 마법의 이미지들은 '맥베스'라든가 '예언'이라는 결절점에 해당하는 시어로 응축되는데, 이러한 시어들은 스코틀랜드의 던컨 왕을 죽이고 맥베스가 왕이 될 것이라는 세 마녀의 예언을 환기한다. 그리하여 이 시는 음식의 징크스로 시작되어 티눈이라는 이미지의 미신을 거쳐서 두려움과 욕망으로 점철된 맥베스의 운명이 결국 파국으로 귀결되게 하는 어떤 신비한 마법의 힘을 환기하게 된다. 다음 표제시 역시 미각이 지닌 마법의 작용을 보여준다.

선풍기 소리가 짤 때 필요한 녹는 점
쓴맛을 평가할 때 필요한 알갱이의 개수

바람이 불거나 말거나 살아야겠다는 미세먼지 담당
끝말잇기나 꼬리잡기의 달인

비 온다

삼척에 갔지
구척장신 파도가 물고기 눈치럼 내렸지
잘난척하느라 온몸에 분수 구멍을 냈지
증명하지 못한 문제들을 뽑었지

여름출판사는 문을 닫고 더는 포도가 열리지 않았지

몸속에서 사라진 세포들의 DNA에 토성의 혈액형을 붙여줬지

바람 분다

기차 뒤에 바짝 꼬리가 두 개 달린 바다
쓴맛 소리
공화국에 대한 맞춤형 설탕 알갱이

— 「설탕이니까」 전문

    짠맛, 쓴맛, 단맛 등의 미각적 이미지들이 시적 공간을 가
득 채우고 있다. 그러한 미각의 이미지들은 "선풍기 소리"로
치환되기도 하고, "쓴맛 소리"와 같은 은유적 표현을 통해서
청각적 이미지와 결합하기도 한다. 또한 "쓴맛을 평가할 때
필요한 알갱이의 개수"라든가 "공화국에 대한 맞춤형 설탕

알갱이" 등의 표현에서 추출할 수 있듯이 미각적 이미지들이 원자적 차원으로 분해되어 해부되기도 한다. 소리로 치환되거나 원자로 분해되는 맛의 요소들이란 결국 어떤 비밀과 신비를 지닌 것으로써 그것의 토대와 기원에 대한 의문을 불러일으킨다. 그러니까 어떤 요소로 인해서 그러한 맛을 지닐 수 있는지, 그 경계는 어떤 것인지에 대한 호기심을 자극하는 것이다. 시적 화자가 삼척의 바다에 가는 것은 그런 이유 때문인데, 바로 맛의 근원에 대한 문제를 해결하기 위한 목적인 셈이다.

하지만 바다에는 "구척장신의 파도가 물고기 눈처럼 내"릴 뿐 바다가 어떤 해답을 제공하지는 않는다. 그러니까 짠맛, 쓴맛, 단맛 등의 미각은 그것의 신비를 감추고 있을 뿐 어떤 명증한 해답을 제시하지 않는다. 그래서 그것은 신비한 마법의 영역으로 들어가는 것인데, "토성의 혈액형"이라든가 "꼬리가 두 개 달린 바다" 등의 표현들이 그러한 사실을 암시한다. "토성의 혈액형"이라는 표현은 동양의 신비 사상인 음양오행설을 환기하고, "꼬리가 두 개 달린 바다"라는 표현은 문맥상 "쓴맛"과 "소리"를 동시에 함축하는 '파도'의 이미지이겠지만, 자연에 존재할 수 없는 어떤 가상의 존재를 상상하게한다.

그런데 「설탕이니까」라는 제목과 "공화국에 대한 맞춤형 설탕 알갱이"에 등장하는 '설탕'은 도대체 어떤 함축적 의미를 지닌 이미지일까? 설탕이란 물론 우리가 잘 아는 그 맛이 달고 물에 잘 녹는 무색의 결정체로서, 사탕수수나 사탕무 등을 원료로 하여 만들어지는 물체이다. 시인은 설탕이 지닌 단맛에 대해서 대체로 둥근 이미지로 포착하며 화합과 조화를 상정하는 경향이 있다. 예컨대 "백설표 올리고당을 넣어 맛탕을 할 때는 최대한 나풀거리는 앞치마 공주라고 한 번만 불러 줘 전우!"(「이 시는 간접광고를 포함하고 있습니다」)라고 하거나 "부활한 보름달이 뜬 날 수면 양말을 신고 사탕수수밭으로 간다/ 네모들을 불러 둥글게 잠드는 법을 가르쳐줬다"(「말괄량이가 달 만드는 법」)라고 하면서 설탕과 단맛이 지닌 친연성과 원만구족함을 암시한다. 시인이 아마도 설탕을 "공화국에 대한 맞춤형"이라고 진술하는 것은 바로 단맛을 지닌 설탕에서 조화와 화합의 공동체적 가치를 읽어냈기 때문일 것이다. 특히 단맛 이외의 맛은 농도가 일정한 값을 넘으면 쾌감에서 불쾌감으로 질적인 변화를 보이는 반면, 단지 단맛만이 농도에 관계없이 쾌적한 맛으로 남아 있는 것이 특징을 지닌다고 하는데, 이러한 보편적 속성 역시 평등과 공정 같은 보편의 민주적 가치를 시사한다는 점에서 미각의 신비를 함축하고 있는 셈이다.

3. 마법의 가치와 의미

시인은 일상의 마법화를 통해서 단조로운 일상을 일신하여 생동감과 경이감을 불러일으키는 새로운 현실을 창출하고자 했다. 또한 다양한 음식과 미각이 촉발하는 신비한 역능과 그 마법적 효과에 주목하기도 했다. 시인이 이처럼 주술과 마법에 몰두하는 것은 그것들이 시인에게 새로운 가치를 창출하고 의미 있는 국면을 연출하기 때문이다. 물론 마법과 주술이 현실을 갱신하고, 생동감과 경이감을 부여한다는 점을 이미 지적한 바 있다. 하지만 그 외에도 마법과 주술이 시인에게는 어떤 무한한 가능성을 향한 계기가 되기도 하며, 새로운 존재로 거듭나는 갱신의 잠재성을 부여하기도 한다는 점에서도 그것은 시인에게 가치 있는 국면으로 다가온다.

정기적인 딸기를 어떻게 생각해 화려한 가운을 입고 비닐하우스에 감춘 진주를 센다
자정을 잡아먹을 때마다 이마에 하얀 빈디를 찍는 불면, 금고를 어디다 뒀지

먹던 딸기를 넣고 목걸이를 감추고 마취를 거부했다

3.5개월마다 불면을 찍는다 다섯을 거꾸로 세었을 뿐인데 금니가 진주로 바뀌었다

노래가 되어본 적은 있나 눈 속을 들여다보는 네모난 눈 가끔 빈정거리는 노래

널 자르면 순대가 먹고 싶을 거야 높은음자리표를 그리다니

내 맘대로 죽을 수 있는 가장 쉬운 방법 (젖꼭지 그만 비틀어 한 쪽 눈이 이미 떠졌다고 제군!)

끝났어요, 봄을 입으세요 처방전에 노래가 된 당신이 들어 있네 요 금고에 넣어둔 딸기를 가져올게요
—「X-ray-아즈나, 제3의 눈」 전문

물론 이 작품은 건강검진 등을 위해서 X-ray를 찍은 경험을 시화하고 있다. 특이한 것은 눈으로 볼 수 없는 물체의 내부를 엑스선을 이용해서 찍는 사진인 엑스레이를 '아즈나'라고 명명하면서 제3의 눈으로 해석하고 있다는 점이다. 실제로 인도불교 철학과 요가 사상에서는 아즈나를 차크라라고도 하며, 육체의 눈으로 볼 수 없는 것을 마음의 눈으로 보기 때문에 제3의 눈으로 명명하고 있는데, 이는 마음과 몸이 상호작용하여 생성하는 에너지의 중심점을 의미하기도 한다. 그러니까 엑스레이는 육안으로 볼 수 없는 내면의 어떤 것을 읽어낼 수 있기에 제3의 눈이 되는 셈인데, 시인의 주된 관심사의 관점에서 볼 때 이를 마법의 눈이라고 할 수도 있을 것이다.
엑스레이가 일종의 마법의 눈이기에 그것을 찍는 과정에서 무수한 변신과 생성이 가능해진다. 예컨대 불면이 "이마에 하

얀 빈디를 찍는" 아즈나로 변신하기도 하고, "금니가 진주로 바뀌"기도 하며, "눈 속을 들여다보는 네모난 눈"이 "노래가 되어"보기도 한다. 물론 이러한 변신과 변형은 마법의 영역에 속하기 때문에 그 메커니즘을 온전히 이해하기는 어렵지만, 중요한 점은 마법의 눈인 엑스레이 촬영을 마치자 시적 화자가 "노래" 자체로 변신한다는 점이다. "끝났어요, 봄을 입으세요 처방전에 노래가 된 당신이 들어 있네요"라는 대목에서 이를 확인할 수 있는데, 마법의 눈을 경험한 시적 주인공은 어떤 불균형과 부조화의 상태에서 벗어나 조화와 화음의 상태를 회복하는 것처럼 보인다. 특히 "봄을 입으세요"라는 대목을 보면, 엑스레이 촬영을 마친 인물이 젊음과 활기를 되찾은 것으로 보이는데, 이러한 변신을 마법의 힘이 아니라면 어찌 설명할 수 있겠는가?

전봇대에 맞아 머리가 터진 게 아니다 죽은 지 사흘 만에 죽은 이들 가운데서 부활하시고 하늘에 오르사 전능하신 천주 성부 오른편에 있다가 내려온 거다
암전이 되고 영화가 시작된다

머리 터지는 꿈은 길몽 다치는 꿈은 흉몽 잘리는 꿈은 길몽 다쳐야 피가 나지 흉몽이 길몽이 되는 순간 피가 묻은 아스팔트에서 튀어나오는 소감문을 들고

감사합니다 영화로 태어났습니다

주술사가 주술사를 찾아가거나 마술사가 마술사를 부르거나
마녀가 마법사를 사랑하거나

앞자리에서 향기가 나고 좌석이 들썩거리고 안개가 자욱 매콤
한 팝콘에 컵라면

저는 그동안 전기를 먹고 살고 컵라면을 좋아하며 살았습니다
이제 다시 태어났으니 전기를 먹고 팝콘을 좋아하겠습니다 간간
목을 건드리는 라벨이 하늘에 오르사 성부 왼편에 있다가 내려와
배부른 전봇대가 될 때까지

— 「영화로 태어난 전봇대의 당선 소감」 부분

길몽과 흉몽, 주술사와 마술사, 그리고 마녀와 마법사 등의
시어들이 이 시의 시적 공간이 바로 마법의 공간임을 암시하
고 있다. 꿈의 세계라든가 마법의 세계란 곧 환상의 세계라고
할 수 있는데, 시적 논리에서 전봇대가 영화로 다시 태어났다
는 점에서 그것은 곧 환상의 세계로 진입한 것과 같다. 시적
논리에 의하면 환상의 세계란 곧 흉몽과 길몽이 교차하는 곳
이기도 한데, 흉몽이 길몽이 되는 순간 전봇대는 영화로 다시
태어난다. 그리고 환상과 마법의 세계인 영화 속 세계라는 것
도 "주술사가 주술사를 찾아가거나 마술사가 마술사를 부르

거나 마녀가 마법사를 사랑하거나"와 같이 마법과 주술적인 세계가 펼쳐지는 곳이기도 하다.

특히 이러한 영화의 세계에 대한 시적 화자의 태도와 해석이 주목되는데, 시적 화자는 그것을 예수의 부활과 같은 갱생과 재생의 차원으로 이해하고 있는 것이다. "죽은 지 사흘 만에 죽은 이들 가운데서 부활하시고 하늘에 오르사 전능하신 천주 성부 오른편에 있다가 내려온 거다"라는 시적 진술이라든가 "간간 목을 건드리는 라벨이 하늘에 오르사 성부 왼편에 있다가 내려와 배부른 전봇대가 될 때까지"라는 대목에서 그러한 시적 인식을 확인할 수 있다. 이러한 시적 구도는 마법과 환상에 의존하는 영화라는 것이 곧 새로운 존재로 거듭나는 것이며, 그것은 예수의 부활과도 같이 신성한 어떤 성질을 지니고 있음을 암시하고 있다. 마법이 지닌 변신과 갱신의 능력, 그리고 성스러움의 영역으로 도약하는 어떤 계기로 작동하는 특성을 확인할 수 있다.

2주짜리 마법의 동물원에 갔습니다 점심시간에는 하얀 사자와 분홍 코끼리가 함께 사막에서 만나기도 하는데요 머리 아래는 유령 옷을 입었는지 보이지 않을 때가 많습니다

토끼의 앞니가 사라지고 고양이 수염이 사라지고 개수대에는 그릇이 쌓이고

동물은 내 취향이 아니야 말끔하게 설거지를 해 놓을 동안 한 마리씩 잡아서 카드 속에 넣자 여왕이 얼마나 좋아할까

보름짜리 식물원에도 갔습니다 선인장 동산을 지나 허브 길을 따라 황소자리에 도착했을 때 한겨울에 봄꽃이라니

몰래 흘린 눈물로 만든 샤인머스캣이 손톱만 한 핸드폰을 들고 혼자 중얼거리는 겁니다 궁금해서 따라간 거예요 다른 의도는 없어요 생각해 보세요 포도가 말을 하다니

창문 뒤에서 살짝 엿보았지요 핸드폰으로 열심히 포커 게임을 하는 중이었어요 오늘은 하트 모자를 쓴 중년 신사가 속고 있네요 눈을 떠요 포도예요 망고가 아니고요 아오리 사과도 아니고요 속지 마세요 이미 커져 버린 샤인머스캣

장미 가시가 떨어지고 게발선인장 꽃 툭, 떨어지고 빨랫감은 쌓이고

마법이 풀리기 전에 안경을 벗고 토끼 양말을 뒤집어요
손톱 위에 이상한 여왕을 그려 넣으면 식물원에서 그릇을 씻는 동물을 볼 수 있어요
— 「네일아트: 이상한 나라의 샤인머스캣 편」 전문

「이상한 나라의 앨리스」라는 환상 동화를 패러디하고 있는 작품이다. 작품의 구도는 앨리스가 회중시계를 지닌 토끼를 따라 굴속으로 들어가서 환상의 세계를 모험하듯이 시적 화자가 손톱 위에 이상한 여왕을 그려 넣는 네일아트를 통해서 환상의 세계로 잠입한다. 거기에는 "2주짜리 마법의 동물원"이 있고, "보름짜리 식물원"도 있는데, 각각의 동물원과 식물원에는 현실에 존재할 수 없는 기괴한 생명체들이 서식하고 있다. 예컨대 "하얀 사자와 분홍 코끼리"가 있는가 하면, "토끼의 앞니가 사라지고 고양이 수염이 사라지"는 등의 현실에서 볼 수 없는 기괴한 현상이 발생하기도 하고, "한겨울에 봄꽃"이 피어나기도 하며 "몰래 흘린 눈물로 만든 샤인머스캣이 손톱만 한 핸드폰을 들고 혼자 중얼거리"기도 한다.

이 시에서 샤인머스캣이 손톱만 한 핸드폰을 들고 중얼거리기도 하고, 열심히 포커 게임도 하는 설정은 매우 중요한 대목이다. 시의 제목이 "이상한 나라의 샤인머스캣"이기 때문이기도 한데, 그러니까 이 시는 '이상한 나라의 앨리스'처럼 이상한 나라를 샤인머스캣이 모험을 하는 구도인 셈이다. 그러니까 시적 화자는 손톱 위에 이상한 여왕을 그려 넣는 네일아트를 통해서 환상의 세계로 잠입하는데, 거기에서는 다시 핸드폰 속의 세계로 들어가 대화를 하거나 포커 게임을 하는 등의 또 다른 마법이 펼쳐지는 이중 구조를 이루고 있는 셈이다. "손톱 위에 이상한 여왕을 그려 넣"은 네일아트의 세계가 무한한 상상력을 자극하는 마법의 문이라면 "손톱만 한 핸드폰" 또한 마법의 세계임이 분명하다. 신화시대의 고대인들이 불을 내뿜는 용을 마법으로 생각했던 것처럼 오늘날 미사일을 쏘는 비행기도 마법이며, 손바닥 안에서 만다라처럼 펼쳐지는 우주의 삼라만상을 보여주는 핸드폰 또한 마법의 창문임이 분명하다.

이러한 마법의 세계에 살고 있으면서도 현대인들은 자신들이 마법 세계의 시민이라는 것을 자각하지 못하며 살아간다. 시인은 이 세상을 마법으로 통하는 관문이라는 구멍이 숭숭 뚫려있는 신비한 곳으로 간주하고 수시로 그 통로를 발견하기 위해서 탐색한다. 그것은 때로는 꿈이기도 하고, 몽상이기도 하며, 계절의 변화라든가 자연의 신비, 혹은 미각과 같은 감각의 미묘한 국면이기도 하고 감정의 절묘한 지점일 수도 있다. 그리고 이 시에서 문제 삼고 있는 네일아트라는 한 편의 예술일 수도 있으며, 핸드폰일 수도 있다. 그러나 가장 중요한 마법의 통로는 시인이 구축하는 한 편 한 편의 시 작품일 것이다. 그 속에서 시인은 무한한 시간과 공간을 마법의 빗자루를 타고서 날아다니며 모험과 몽상을 경험한다. 핸드폰과 같은 현대적 도구가 체현하는 가상 세계에서는 시간이 흐르지 않듯이, 이러한 모험과 도전, 그리고 상상의 여행은 시인을 영원한 젊음과 청춘에 머물게 할 것이다.